LPの森／道化師からの伝言
石田柊馬作品集

小池正博編

書肆侃侃房

もくじ

第一部　川柳句集

I　ナスカの地上絵

妹は飛んでる九月の梅桜

火祭のあと菜の花が好きになる

高齢者と呼ばれナスカの地上絵よ

カサカサと魚飛ぶ夜をマンドリン

ピストルもクラリネットも春の汗

牛のいる景色に男を埋めてやる

水の管けものの爪の裂けやすし

東アジアの雑穀はみんなむずむず

名画座の裏で苛めてから抱いた

水なんか転がるんだから孕んだの

闇市の死者らが招く梅雨の橋

紡績工場跡の蛍は皆殺し

わさびなど付けて富士山悦ばす

沖なんて見たでしょツブツブ出たでしょう

バスの影むかつくときは菱形に

仔馬がいる　うすむらさきの重み

苦瓜が苦瓜の数狂わせる

カイカーンと叫んで竹竿は倒れ

コピペする度四角になるみかん

かりそめや新宿「風月堂」のトイレ

下御霊神社の垢でも舐めて来い

かぶとむし星占いを許さない

悪行のほかになにがある砂の音

幽霊がぼんやり立っている艇庫

機関車の顔べっとりぬれている

照準を合わせ引金湿らせて

浴槽に漂う今日の難破船

ロボットも肉食う牙もいちねんせい

発禁書買いに昭和へ行ったまま

白玉や河の向こうにいる仔馬

三人になるとキリンの首になる
鴨川を跨いだ　えらい怒ってた
善人が居たと言い張る糊のあと

冬瓜のなかではじまる入社式
おふくろといえば喜ぶところこぶ
奥様がしゃべるとバナナの斑がふえる

半島がだらりと五月の午後つくる

スカイタワーは以下同文である

バンジョーの音であったと墓地で気付く

ファゴットと陀羅尼助丸買いに行く

チョモランマ発、八重洲口着　紙ヒコーキ

京都タワーあたりで無視されたとわかる

おじさまなんか倉敷の柳です
古代から夏野がふくらはぎにある
遠いところで白い椿が呼んでいる

いっせいに落ちる椿は殺すべし

夜桜は大きな鱶の嫁になる

縄文の空気が少しある小芋

化野の上空で舞うフラフープ

キリン輸送されている　長雨

西田君の家をハーゲンダッツせよ

異議ありと声をそろえた百合の首

いつか見た鳥居に当たる内視鏡

アカシアと言えよ青かったと言え

ゆびきりのそのあくる日の午後3時

階段を踏み外したな花キャベツ

その杉は恥ずかしそうに喋り出す

エクレアの汗が今夏の高気圧
釣銭が七個と膝と三日月と
大天使ミカエルが持つ定期券

とても大きな鋏を乗せている電車

ほうれん草きみらの明日もどうかなあ

区役所がフォークの背なに乗っている

3秒前まで鳥だった　　　の3秒
この海苔はいつか私の邪魔になる
編み棒の一本　蓬に恋をした

レタスだろ　青年だろう鳥だろう

実験が歩いている　痒い

五円玉の穴を二人で超えました

オーケストラでした貴女もいましたよ
逃げてゆく影はいつもの私です
ほうれん草も三つ葉も首振るときがある

丸見えですそれでいいのですピアノ

ユーレイに鼻風邪のこる秋となり

ポケットにあります戦後以来です

もめている伯父との距離に藤が咲く

不死身です淋しいことでございます

思い出の石がみどりに繫がって

その夏のそのまぼろしが見えてくる
終わりかた白菜ですか虹ですか
ざわざわと椅子の取り合い始まりぬ

カーテンで区切る店から始まった
ひとつめのソースに秘策がにおっている
しぐれすすろう　しぐれすすろうと消ゆ

駅

押しピンで止めても止めても京都駅

ストローにときどき京都駅詰まる

雨の駅キツネのにおいおびただし

昼の駅睫毛の部分砂漠の部分

改札を抜けると痒くなる小指

髑髏なり駅階段をころころころ

水

水浴や薔薇のタトゥーの美しき
ホースには水と空気と少し悪

しずけさよ水と豆腐とやや揺れて

霊柩車見送ってから水を飲む

杖引いて爆末の露を落としに行く

水にされそうでますます荒れ狂う

明け方の水は謀叛の味である

全開の蛇口悪事は今のうち

折り紙に戻して鶴と水を嗅ぐ

水の向こうでおいでおいでと揺れている

水葬にする長針も短針も

Ⅱ　ＬＰの森

少年もコンビニも美しい突起

若布とは大絶叫のあとの空気

ベゴニヤにならず途中でひきかえす

倒れるまで倒れるまではあやめなり

セールスマン魚類の肩を思うなり

平和食堂三軒隣りのチョモランマ

消火用バケツは夢見ごこちなり
営業各位はイージス艦を標的に
格闘技ジムの隣のとろろ汁

南京豆という制圧感はなかったか
雉は好き国鳥というのは嫌い
できたての板は悲しそうである

あまのはら躍る木下大サーカス
ラップ聞ゆ　おやじの腸の長さなり
ふりがなにサフランと書く永訣なり

デジタルにすべし脅しに使うべし

2と書いて3をいい気にさせてやる

刹那的　多数決より国家総動員法より

マッカーサーよりジョン・ウェインより強い

フラフープよりトニー谷より軽い

スターリンよりシコノミタテより危険

ポルポトより二千円札より単純
宣戦よりカップ麺より早い
献金より満州建国より粗野

ガラス切る音で奪ってしまう音

チリチリと舌の音する銀河系

グローバルグローバルと開く鯉の口

両肘の隕石夏の湾に出る

十二月の地下鉄なんかいりませんか

形容詞も形容動詞も在庫品

牛丼や遠くて近い滑落死

夕焼けの吐き出す積み木夥し

マーガリンとして起立斉唱す

苔のむすまでが同心円に居る

獣臭の芳しさまで帰れまい

火をつけて古いすだれを悦ばす

ぶどう摘む雪舟の絵ゆるむまで

鴨川と名が変わるとき泡立つ

消しゴムは消しゴム蛹は蛹なり

牛肉のにおいを九月のしるしとす

クリスマスツリーは剃刀負けである

神経を抜き取ってから戻すなり

全鰈一斉蜂起後のあなた
4コーナー過ぎた黒糖やわらかし
順に死ぬはずのカシューナッツ並べ

いざ行かんドン・ガバチョの居る島へ

猛犬も首輪も死んで夏至の町

アオスジアゲハなら長谷川伸だ

海軍式敬礼を這う初夏の蔦

根腐れがにおいアゲハは大胆に

九回の裏と小さな握り飯

ベランダの一寸先を落ちてゆく
雨が雨だれに変る時の色
牛蒡など握っていつまで桃太郎

揚羽だというが茹で卵のにおい

寺町と御所のあいだの草書体

夏のように野菜のようにに待っている

きくらげは逢魔刻を抱いている
長い長い長い無蓋車　渚にて
空手形と言えよ土星に聞かせろよ

受注なし　意志の木は縊死の木

倒産が迫る工場のさるすべり

どうと倒れる捺印したものと

あのトンボ破産宣告受けてきた

大急ぎの蚯蚓が目指す議長席

実南天ずうっと上にダリの髭

自転車の陣痛２００年つづく

遠浅や小学校の保健室

テトラポッドの下で睦んでいる姉妹

海溝で溶ける井上上等兵ポカン

懸想した牧師とハンマーシャーク哉

骸骨が引きずる長い長い長いホース

睾丸や四万十川が見えている

忌避罪で耳を削がれた沈下橋

首便り猫のあくびも燈台も

歴代の戦死者が居る河口なり

屈葬や太平洋は藤の色

鉄橋の音が軍靴の音になる

晩春のオレンジ分割案崩壊
橋梁より少し軽めのにがよもぎ
そば殻は若草山から撒いてやる

アレキサンダー大王のスマホは入浴する
象亀のグラニュー糖的楽観を
軽いものを毎日運んでいたらしい

万力という語は実に静かなり
格納庫猫が前夜を舐めている
煌びやかな窓を当分見せておけ

利子に目覚めたか禊はおわったか
登録は済んだか視野は狭めたか
キャラクターだから支流も本流も

うかうかと売上グラフになっている
ポイントが貯まるとせりあがる砲車
ＡＴＭとダイオウイカのまぐわいだ

牡蠣殻の山がごまんとできたとしても
鷺などもみんな9月に縛られて
捕縛犯犯人その後を造成中

何処からかプスップスッと撃ってくる
ブルドッグの歩幅で迫るブルドッグ
荒縄の嵩をいつまで茶化せるか

はしきやし君らの時給８００円
獣心や口をつぼめたあんぶれら
アンテナの空に甲斐なき解雇哉

独り喰うひじきと油揚げ馬の足
鳥屋ごもり君らの隈の口惜しんぼ
鳥屋開けよ開けて君らの逸散走り

１９６０年代に鬆が出来て
何が起きても皆で望んだことにして
栓を抜きますので一同起立

鬆が増えてパステル軽し骨軽し
ネズミ算式に鬆が増え栓を抜き
鬆や栓や何が起きても明日は晴れ

真っ先にピアノが逃げて行きました
体操とおしっこどちらが好きですか
足裏の土星とコチョコチョコチョコチョ遊び

小脳がカスタネットに恋をした

繋がれていますとはっきり言ってやれ

提灯を手放した日ぞ猿ヶ島

その森にＬＰ廻っておりますか

Ⅲ　井上上等兵の１５０年

木琴に自動修正が及ぶ

エレベーターに任せておけば子が出来る

意志を外すと換気扇

長い長い土手を返信

長脛の貴方も貴方も照準を

パイプ椅子二つ　翼の重みだな

滝もアホですいつものことですが
ハイビスカスのへそのあたりというべきか
エドモン・ダンテスである　桃の種

シャツ干して蛇の倣いの息になる

マイルスのミュートが妥協の蔓だった

ブルータスに誘われ餃子を喰っている

その鬼は鬼ヶ島から逃げ延びて
爪截って舟のカタチの3秒ほど
意識から無意識へ行く柿の種

こうなればじゅごんじゅごんと呼ばせてやる

啄んで吉原電気のおじさんは

シロホンの大音響を冷凍庫

井上上等兵の１５０年

１５０年漬かりすぎたぞ茄子胡瓜
茄子胡瓜g当たりの利を急かれ

とにもかくにも財布の口をがばちょ哉
角砂糖、堪能するまで積み上げて
１５０年井上上等兵の軍靴

砲台とソフトクリーム　廉価

バーチャル　千島を踏み上等兵を踏み潰し

利が在ると言われてみんなの気が揃う

近・現代　二度や三度はパーっと

井上上等兵の新しいスマホ

会

鬼退治なんかこわくてできない会

ビフテキの値段を一桁変える会

大仏にビンボーゆすりをさせる会

ジョーシキを疑う会を疑う会

鉄砲を水鉄砲に替える会

メリメリと会割れるなり美しき

性別が突然変わってしまう会

・・を・・・からおろす会

安保以来の無表情

７０年安保以来の無表情
フライパンそんなに軽蔑しなさんな

味噌でしょう日頃のあなたの数名詞
お爺さんと呼ばれた安保も知らぬげに
５００円玉以降の産毛と涎です

弱肉でしょうみなさんカバなりに
メリメリと紅白饅頭カバなりに
みんな見て居れと居直る絵が在って

大木の無言、一筋、涙かな

池は地階に草木は樹脂に何時の間に

八十の昼・ゆっくりと

舫いとよ八十の昼過ぎている

八十歳である昔シェーありき

一句書く八十歳のジュースである

八十歳が八十歳を描く　ル止め

もろともに八十である嘘でしょう

不死身です丹下左膳もぼくちゃんも

二十人ほどです忠臣蔵にはなりません

ゆっくりとハズレ馬券になっている

たのしみはごろんと来るぞ明日だぞ
鮎の腹白く流れているいつも
さらってきて十九年のチョコレート

こんな時ベッドといっしょに星を食う

第二部　川柳評論

道化師からの伝言

最初に明言しておきたいことがある。

一、およそ文芸にかかわり、その作品を書くひとは、自分のこころ、自分の思い、自分の思念を書く。簡単に言えば、言いたいことを言う姿勢こそ、文芸の基本中の基本なのだ。

二、川柳を書く、あるいは初めて書く、その一人一人は、川柳という文芸が、どのような文芸であるかという認識を、おぼろげながら、持っている。だからこそ川柳を自分が選んで書こうとするのである。

三、読んだり書いたりして、それが川柳であるのかないのか、わからない場合も実際にはある。これは、一、の基本、ひとりひとりの書こうとする思いが、まずある、ということを最優先に考えれば、さほど大きな問題ではない。読みつぎ書きついでゆく中で、自分の認識を確認してゆけばよいし、そこでなお、わからないということであれば、これは何だ（例えば、川柳だ、俳句だ）と無理に決めつける必要はない。名称をかぶせずとも、なによりも、作者の思いの書かれていることが大切なのだ。横から他人が、川柳だ、俳句だ、短詩だと言うのは勝手。もちろん他人の言に従う義務はないし、それを押して他人が認識を押しつけるなら、傲慢だ。文芸はなによりも、精神の自由、の場である。

右の三点は、いわば常識。いわずもがなの基本だが、この文章は全て、この三点に帰納する。基本の上に立って、素朴に、川柳の要諦を考えようとするのが、この文章である。

川柳の幅《うがちの位置》

寅でなく渥美でもなく送られよ　伊藤律

という川柳がある。芸能人であることの虚像や、演じた役から離れた、ひとりの人間としての葬送であるべきではないか——と作者の思いを読む。一人の俳優の死による世間の喧騒が、作者に一句を書かせた動機だろう。

川柳が、事象の断面を提出することの多いのは周知。そこに作者の思いのエッセンス「でもなく」の一語が定着。リアリティが貼りつけられた。

川柳の、過去からの発展経路から見れば、この叙法は古いし、いま少なくなっている。もちろん古いということをダメと思ってはならない。少なくなるには、それなりの条件や背景の諸々があり、その諸々の方がダメであるのかもしれないのだから。

叙法の変転は、人間の精神の変転につながっている。安易な価値判断をしてはならない。むしろ、この川柳によって、読者が、忘れていたこころ、思い、視点を呼び起こされたとすれば、それがこの川柳の値打ちだろう。

「天明の古典復興がなかつたら、俳諧は皆救はれぬ遊戯に陥つてゐただらう。現に、宿命的に陥るべきものとして、この時代に先立つて、既に狂句と汎称してよいものが盛になり、それが、江戸を中心として、低級な遊戯として栄えたのが、川柳である。その発生には、文学史的に興味はあるが、文学としては、意味のないものとして、割愛するだけの勇気がなければならぬ。川柳の正しい意味における中心興味なる、うがちと言ふこと自身が、既に、文学と無関係な言語遊戯なることを示してゐるのである」（折口信夫「國文学」第一部第七章「江戸時代後期」）

江戸時代の川柳に向けられた折口信夫の眼は冷たい。川柳を文学と無関係な言語遊戯と書いている。その位置づけについては、興味を充分に含む示唆として、あらためて考えねばならないが、ここでは「うがち」について考えてみる。

江戸時代の前句付のルールに、うがちの発生する要素があり、それが現在の川柳の、詩性に大きくつながっているのは事実。川柳における詩の展開は別のところで考えざるをえない。「寅でなく」の一句は、ひとの気持ちを衝いているし、それをうがっているとも見え、風刺のおもむきもある。一般的な眼にもこれは、川柳、の範疇の一句である。

しかし、世間やひとの気持ちを、うがったり風刺したりすることを目的に、この一句は書かれたものではない。読者は、うがちを感じるだろうけれど、それよりも、作者の精神を読みとるのが、現在の一句の読み方である。なぜなら、言語遊戯を離れたところで一句が書かれたのであり、一人の人間の思いが表現されているのだから。

川柳のとても大きな領域の中に、遊戯もあれば自己の精神を表出しようとする姿勢もある。それらを否定してはならないし、精神の表出に重きを置いて見ようとも、そこから、うがちを軽視できるものではない。むしろ川柳の歴史の流れの中にこの例句を置いて見れば、うがちがどのように変転、あるいは発展したかを知ることができるはずである。川柳は伝承の文芸ではない。伝統の生きている文芸なのだ。うがちの変転、あるいは発展、移動とも言えるが、これを否定してはならない。ひとつの視点にとどまることで、精神の安定を求め、そこから変化に眉をしかめたりする視線の存在を認めるとしても、ひとのこころは変化するし、川柳はそれを反映する。

折口信夫が、うがちを見たとき、ほんのわずかでも、そこに書き手の表出意欲を感じなかっただろうか。川柳という名称になったのも、明治以降と聞いている。折口信夫は、その辺を知る必要を思わなかったのだろう。でも、ほんのわずかにでも、表出意欲を感じる何かがあったとすれば、現実には、明治中期の人達がそれを見事に受けとめたのである。

『柳多留』の佳句、とりわけ初期の潤沢に見える人情味を、いわば前向きに発展的に受けとめたとき、前句付のルールにあった諸要素の評価よりも、人間のこころに重きが置かれた。この前句付のところから見れば、第二次的出発こそ現在の川柳の基盤であり、その後の流れがどうあれ、人間のこころの深いところやその葛藤を書く、幅の拡大の源なのである。

のがれなくついに行くべき道をさは知らではいかで過ぐべかりける　西行

頓て死ぬけしきは見えず蝉の聲　芭蕉

ものを書くという行為は、人間が死の不可避性を持った存在であることを含みもつ。その意識、無意識を問わずに、である。

みな死を忘れている　一つの死　安西まさる

意志の骨　枯れゆく午後は淫蕩に　飯尾麻佐子

老い。死。枯れてゆくいのち。枯れてゆくエロス。いのちの午後。一人の俳優の死。蝉に見るいのち。忘れている死。老いと死、の個的な自覚。川柳はダジャレであれ、日常生活のひとこまであれ、エロであれ老いであれ死であれ、ひとの思いの受け皿である。自己のいのちを書きとどめることのできる川柳。くりかえして言えば、バレ句であれ、生活詠であれ、境涯詠であれ、川柳は「いかで過ぐべかりける」を書ける文芸なのである。

さらに、例えば「意志の骨」の一句に見えるのは、この小さな言語空間が社会の秩序や規範のまったく入りこむことのない、精神の自由の空間であり、その自立である。

川柳についての一般的な通念の中には、うがちの要素があるだろう。しかし、例えば作者に死や、死を意識したところから生を見るという意識があって、「寅でなく」「のがれなく」「頓て死ぬ」「みな死を」「意志の骨」などの川柳や俳句・短歌が書かれた。そこに作者の、うがった見方をしたぞという感覚はほとんどない。あきらかに、うがちは書かれた結果出てくる。うがちの移動あるいは後退はたしかにあった。だからといって、それが川柳の消滅を意味しない。江戸時代の小説が明治を経て現在に至ったのと同じように、川柳もその時その時の人間の精神を映しつつ、現状に至った。社会通念やその概念と、いまの川柳にズレがあるとすれば、歴史についての意識の有無が原因なのだ。川柳の幅がとても広いのは歴史的必然である。

（「オール川柳」一九九八年六月）

うがちの変容

あやふやであれ、川柳という文芸の性質を自分なりに認識して川柳を選び、書いたり読んだりしてゆく中で、作家は特に意識せずとも、うがちとそのバリエーションを体得してゆくように思われる。同時に、ものを書くという行為の真剣な持続は、視野の拡大や深化をその作家にもたらせる。視野の拡大や深化は外から止めることはできないし、広まったり深まった視野を川柳に書くのは自然の成り行きである。これを渡辺和尾は「見えなかったものが見えるようになります」と教えている。よく絞り込まれたいい言葉である。

くちづけのさんねんさきをみているか　　渡辺和尾

この川柳は柳多留のうがちにつながり、かつ川柳もまたいわゆる近代の自我の発見を経て来た文芸であることを示している。

うがちは作者の中で、江戸時代の言語遊戯から、自己の思いの表出のところへ移ったのである。

明治中期から現在に至る川柳作家の営みは、無意識的にせよ、このうがちの変容と、それをバネとして川柳の幅を広げて進んだ一本の道であった。「さんねんさきをみているか」という、『蝮のすえ』『司馬遷』などに見られる武田泰淳の人間観に近い視線を、渡辺和尾からひき出したのは、作者が体得したうがちの無意識的なはたらきであっただろう。

偏狭な視野の唯我独尊的な川柳観からすれば、「見えなかったものが見え」てくるという方向に進むことは、川柳の平易平明を無視する動きであるだろう。だがそれは人間の可能性を忘れたところから出る傲慢だ。安易で楽観的な知性の賛仰や、進歩発展こそ歴史とする歴史観はおろかだが、自分の愚昧さをすべての人間のレベルだと思ってはならない。

周知のように、『柳多留』には徳川家を賛美する句がいくつもある。明治以降の川柳が、いわゆる自我の発見を経たからといって、御政道賛美がなくなるものではなかった。前句付の書き手が属していた連の中でとか、仲間や隣人への話しかけのおもむきで「ありがたいことじゃないか、公方様のおかげだ」という姿勢は、自我の発見以後、自覚的な個人の思想の押し出しに変わった。ナショナリズムが公言され、のちに聖戦川柳や撃ちてしやまん、銃後の何々が書かれると共に、同じレベルで反戦川柳も書かれた。うがちの質も同じである。

小説、詩、短歌、俳句にくらべて、川柳は戦後に、川柳と戦争とのかかわりあいについて表面的には何の思考もしなかったし、その一部はほとんど戦前の聖戦とか反戦の川柳と同じ書き方でイデオロギーの具となった。そこにもうがちはあった。

うがちはまさに三年さきはどう変わるかしれぬ人間の精神にぴたっと対応して変容する。だからと言って、川柳の魅力は人間の魅力だと安易に思うべきではない。川柳を定義づけ、あるいは規定するのに、人間、の一語をもってする例は、日常生活の中の人間の態様を多くの佳作に書いた椙元紋太も、戦後の川柳革新と止揚に挺身した河野春三も同様で、それは正論の範疇にあるけれど、川柳が川柳であるところの川柳性を、人間というところへ拡散するにすぎない。逆に、小さな型式の数少ない言葉が、人間の思いを書いて他者の胸にしみこむそのパワーは何かと考えるとき、折口信夫の「川柳の正しい意味における中心興味なる、うがち」が立ち上がるのである。

折口信夫の、この極めて短いセンテンスに安心してこだわることができるのには理由がある。うがちと断じ、言語遊戯として文学の範疇からはずす。そのおよそ論拠を書こうともせぬすばやい決めつけは、折口信夫が短詩型文学を書くひとりとして（書き手の位置で）江戸時代の川柳を知覚したからだろう。小さな型式の数少ない言葉にある、うがちのパワーを、書き手の神経で折口信夫は知覚していたのだ。体感をもって即、遊戯と決めつけたのだろう。自信をもってのことにちがいない。机上に古川柳をのせて、前句付のルールを検証して、公倍数や公約数を求めるように特質を見て、うがちを発見していく学者と、折口信夫の体感即うがちの抽出とは雲泥の差がある。「中心興味」の一語は、一見数式的に見えるが、前句付を実際書こうとする作者のこころの位置で、そのおもしろみを感じたと読む方がふさわしい。遊戯性こそ川柳の質と見る眼に、見えていたのは江戸の人々の芸であったのではないか。折口信夫の書いたものを少しでも眼にすれば、そのスタンスから川柳にきびしい視線の発せられるのは、充分納得できるはずである。まさに眼光紙背に徹する。

芸事、（前句付を呼ぶのに如何とは思いますが）（脇屋川柳「川柳性の理解」）

対談風のひかえめの発言ながら、「芸事」の一語は、はっとさせられるほど『柳多留』の書き手の意識を言いあてているように思われる。書き手のサークル、連は芸事のイメージをもっていま実感できるものだ。前句付の書き手をこころに擬すれば、だれもがそこに言語遊戯を感じるにちがいない。言語遊戯であったからこそ人情が書かれ、生活が書かれ、俗物臭が書かれ、バレ句が書かれ、狂句が書かれ、うがちの定着があったのである。川柳の源流を江戸時代の前句付に見る常識的なところから、バレ句や狂句を排斥するのは、前句付の性質が書き手に及ぼしていた精神性を無視する姿勢である。

しかし、再度ここで確認しておかねばならないのは、うがちを川柳の中心興味と見ようが、川柳の質と見ようが、実際に自己の思いを一句としようとするとき、うがちはおおむね意識からはずれているということである。季語や切字を一句に据えるという実践的表面に、うがちは無い。身に感得しているだけの、いわばうがちの出没が川柳であることの特定を弱めているのだが、だからこそ川柳の幅は広いし、うがちの所在とか有無のみをさがして川柳性の破綻を言ってはならない。川上三太郎は句集『孤独地蔵』のあとがきで、自己表出に力を入れた作品について

「個を主軸とした回転をこころみた。これはあたしの二十歳前後からの野心であったが当時は異端と罵られ、外道と嗤はれた」

と書いている。時の流れの中での、作家の内と外の変転状況があざやかに見えるとともに、うがちがどのように変容したかをもあわせてうかがわせてくれる文章である。

岸本水府が昭和二十八年に川柳小説「断念桜」「指」の二篇を書いたのも、川柳そのものの変容と、うがちの変容が作家の意識にあってこそ成されたのであろう。

孤独地蔵花ちりぬるを手に受けず　川上三太郎

日本もうちも出直し桜伐る　岸本水府

「受けず」に個の表出の先鋭化の、「うちも」に作品と作者の位置の、共に工夫があり、うがちは主題に押されて沈潜している。

個人の思い、こころの表出が強くなるとともに、作者と作品の位置や距離にも様々な変化が起きる。それが戦後、民主主義を標榜したこの国の川柳にもたらせた自然であった。一般的な通念の中に、川柳即うがちという見方があったとすれば、川柳の実際とのズレはたしかにあった。うがちは沈潜して変容した。

恙なく虎もうどんものびている　倉本朝世

（一九九八年七月）

風刺について

川柳は風刺を書く文芸だ、との視線があって、そこでは落首と同じレベルで風刺のエネルギーが発揮されるもののように思われている。川柳の幅は広いので、風刺を否定することはできないが、実際はあまり多く書かれているとは思えない。特定のイデオロギーの具となって宣伝文句のような川柳を見かけることもあり、戦前には反戦思想が書かれて、それに対する逆の側からの応酬もあったと聞くが、自己放擲して書く風刺など、順応と同義だ。

ただし、落首と同じレベルと感じられ、あまり多く書かれたと思われない風刺が、一般的に強い印象をもたらせていることについては、川柳にかかわっているがゆえに、忘れたり見過ごしているものが作用していると思わねばならない。

それは、数少ない言葉がリズムを備え、そこにひとつの、大勢のひとに共感を呼ぶ主張があれば、一句は印象づけやすく反応を得やすいといった、いわば商品の宣伝文句と同じレベルの型式的特質もあるが、もっと川柳的な何かがあるはずである。

前句付のルールは、七七（抽象語）が出題されて、書き手がその七七からどのような五七五（具体性）を自分の内から引き出すか、というものであった。おそらく町人の商業や消費を主とした経済的発展が、前句付の遊戯性と射幸心を支えて、前句付という興行を発展させた。うがちが開花した。

書き手は、なによりも入選を目指す。選者は主催者であるから、発表する出版物に読者の共感を得、合点を得たいし、次回の応募者を増やしたい。書き手にもそれは見える。

書き手は自分が抽象語七七からどのような具体性を持った五七五を書くかを考えるとともに、選者が得心して入選させるべきレベルを推し量りつつ、選者の気にしている、選者の向こうの読者の合点をも、ともに思案する。むろん入選することが第一であるから、書き手の気持ちの中の読者の像はそれほど濃くはないけれど、選者としては、読者の共感と合点が大切だ。書き手に向かっては入選率でサービスできるが、読者に向かっては、いま風に言えば付加価値としての共感こそサービスであった。そこに風雅のまことは、まったく入る余地もなければ気にする必要もなかった。書き手の想が選者を、あるいは選者と読者を気にしつつ、さまざまに伸展したり飛躍したりして、そこに現代川柳の詩性の源があるのだが、川柳が風刺の文芸であると一般的に思われている特徴も、前句付のルールの内にあったのである。

役人の子はにぎにぎをよく覚え　　『柳多留』初篇

本降りになつて出て行く雨宿り

鼻声で湯治の供を願ひ出し　　『柳多留』二篇

役人のほねつぽいのは猪牙に乗せ

しうとめのひなたぼつこは内を向き

さまざまに扇を遣ふ奉行職　　『柳多留』三篇

人は武士なぜ町人に成て来る　『柳多留』五篇

お上の目に好ましからざる句はかなりあったらしい。よく知られた幕政の改革などで、約四百句が刊行物より抹殺の厄に遭ったと言われる。エロや賭博についてお上の目にふれたものが多くて、風刺は少ない。

例えば『柳多留』の初篇だけでも読めば、風刺と感じる句が、うがちのひとつとして書かれているのがわかる。書き手にとっては日常会話の一端で「骨っぽいのは猪牙で吉原だ」と言うレベルで書いていると思われるし、口語が並んでいるのもその辺を示しているはずなのだ。お上の役人を少しからかいながら、会話の次に東照宮をほめたりあがめたり、あるいは関ヶ原の東軍の戦勝をもち上げる会話になっても、すこしもおかしくないレベルの句であったのだが……。

お上の目は読者の眼である。お上が一句を読んで不特定多数の読者の眼を感得すれば、お上である自分が読者としての受動的立場にあるのだから、恐怖感を持ってしまう。選者や編者は、読者の共感や合点を、いま風に言えば受けを求めているのだから、不特定多数の感興こそ成果なのだ。

支配と被支配に分けられていた封建制度と、感興こそ商売の成果であり、書き手の視線が句となり商品となった読者へ広がってゆく動き、いわば階層によるタテの関係と、商品が動くヨコの関係が、お上の目のレベルでぶつかるとき、一句のエネルギーはそこで増幅する。うがちが風刺に自然に変貌した。

このお上を含んだ不特定多数の読者の側で起きる、一句の衝動のエネルギーを、風刺のエネルギーとして作品を書いたのが、のちの鶴彬である。意図的な風刺である。

明治中期以後の川柳が、他の文学的達成を横目で見つつがんばったり、文学など気にせずにダンナ芸やひざポン川柳を書いたり、日常生活のさまざまを書いたりしながら時を経て、それでもそれぞれが自己を見つめる中で、前句付における「読者」を気にしなくなった。

他の作家の忘れてしまっている前句付における読者を、鶴彬は自分の生きている同時代の一般大衆として、自分のイデオロギーを書いた。

次ぎ〳〵標的になる移民の募集札
屍のゐないニュース映画で勇ましい
手と足をもいだ丸太にしてかへし
鶴彬

この風刺はきつい。官憲の方から言えば、風刺というより、敵の思想であり内部の敵であっただろうが、一般大衆の眼には風刺そのものであった。官憲に睨まれ、捕らわれ、昭和十三年に監視付入院先で逝った。官憲の手中の酷い死である。

徹底的に読者を意識して書くことによって、鶴彬は前句付にはじまる、うがちの系流から風刺へ突き抜けた川柳作家であった。

もちろん鶴彬の川柳から遡って『柳多留』の書き手の精神に風刺を見ようとしても何もでてこない。同じ時代の落首の方がはるかに風刺のエネルギーを持っていたし、狂歌から数人が『柳多留』へも参加したが、うがちの遊戯性の中で書いたにすぎない。狂句という宣言を四世川柳がするが、この辺の様子は大先達・前田雀郎の詳細な研究と知的な推察を読まれたい。

しうとめのひなたぼつこは内を向き　『柳多留』初篇

娵の顔目がねの外でじろりと見

手間取つた髪を姑じろじろ見

めんどうを見てくだされと娵へさし　『柳多留』三篇

娵の顔見い〳〵まきを一本引

のきなさい付木ばつかりくべなさる　『柳多留』五篇

まきこまれきつたと嘶す姑ばば　『柳多留』八篇

『柳多留』にムリにも風刺を見るのであれば、このパターン化に見る方がよい。封建制度の階層社会であり儒教倫理下の社会規範の中で、『柳多留』の書き手達と、その読者の日常生活の中のフラストレーションが、姑ばばというひとつのパターンをつくったと見てもいいだろう。しかし、これは現在からの視線であって、当時の書き手の精神には社会規範や社会制度を批判的に見る視線は無かった。だからこそ人情はこまやかであり、『柳多留』は当時の人々の態様の中にある人情を書きとめたのである。

現在の数少ない風刺。いま人間は

海水の温度は高くなり　童話　樋口由紀子

エルニーニョという童話の中に生きている。

（一九九八年八月）

詩について

川柳における「詩」について考えるとき、こころせねばならぬことがある。川柳という文芸にとって、詩は決して不可欠の条件でも必須のものでもない。川柳が川柳であるところの川柳性にとって、詩の有無は問題とならない。

いま、『柳多留』の佳句のように、一句の主意のみがスッと一直線に迫ってくるような川柳がない。また、詩的叙法であっても、なんともその感動が薄い。

この原因を、社会状況や賞の乱発、選者の質、いわゆる川柳界の何々に見るのは簡単で、それなりの分析と、そこに出てくる説得力のある指摘もできるが、なによりも川柳作家の表現しようとする「思い」が弱いと見るべきである。川柳はテレビゲームのような、使い捨ての消費物となってしまっている。

（一）詩的距離

うがちと風刺のところで少し触れたが、前句付は自分がそれを書くことによってもっとも理解しやすくなる文芸である。

七七（抽象語）の出題を起点にして、書き手はさまざまなところに材を求める。書かれた百の五七五には、七七からの百の距離がある。戸隠伝説がとりあげられ、清盛が嗤われ、吉原が描かれ、心中が見え、商業も床屋も娼婦もぜげんも、隣のばばあも女房子供も、疾病も軽口も蛙もれんこんも。

出題　むつまじい事〳〵

死に切つて嬉しさうなる顔二ツ　『柳多留』初篇

よく言われているように、二つの解がある。ひとつは心中。いまひとつは舅姑の没後の夫婦。書き手は心中という事件に想を伸ばしたか、近間の肩の荷をおろした夫婦を情景として構成したか。どちらにせよ事実か空想か。書き手の一句が仕あがるまでに伸びた（飛んだ）距離。

さらに、書き手の神経が脈搏ったのは、入選せねば刷り物に載らないという競技感のようなものだった。うがちをはじめとして、七七からの距離の中で、視線に容赦はなかった。事象の断面を露出させることに優れ、風俗、生活、人情を書いて濃厚な現実感があった。（今日の川柳の幅の広さは、この距離によって準備された。）やがて一部の書き手は言葉の二重性、掛詞、かくしごとなどで選者の眼を抽きはじめた。元々この狂句への指向は『柳多留』以前の雑俳にあったものが、『柳多留』において著しくなり、衒学的になったり、言語遊戯となってパワーを無くするに至る。

川柳における詩を考えるとき、右に見たところから二つのポイントが現われる。

①前句付の書き手が、出題七七（抽象語）から五七五（具体性）を得る際に、視線を伸ばし、あるいは飛んだ距離は、明治中期から現在までの川柳作家にとっては、自己の内にある未知を引き出

す感性の、伸（進・深）展距離となった。もちろん自己の内の未知は言語となって表出されるのであり、その個人の独自性のある言葉によって成るはずのものである。

②前句付の書き手にとって、選者、選者と読者、を感心させる近道は、自分の書く五七五に、選者や読者を参加させることであった。投句された一句が判らず、困った柄井川柳が、内儀のひとことで納得した、などの逸話もあって、客観的にこれを見れば、選者はその一句に参加したくてたまらなかったということになる。狂句はもちろんのこと、川柳の一句は読者がその一句を読むことによって成るという、当然至極を伸展（深展）させることに長けた文芸であった。この一方向にのみ一方的に伸びた川柳的特質を、明治中期から現在までの川柳作家は、省略の技術として生かし、あるいは「詩」の空間として生かした。

識者の言を借りるまでもなく、一句をもって勝敗を決める根拠は、遡れば宮廷歌人達の歌合に至る。古典の歌集に見られる「詩性」は、例えば西行から芭蕉へ流れ、子規が俳句と称したとき、さらに今日の俳句にまで流れたと言えよう。

川柳の方で言えば「詩性」は、俳諧から前句付の俗臭や遊戯性、射幸心などにはじきとばされて、句の表面からはほとんど消え、ルールと形式に斑文として残った。

したがって時系列で「詩性」を見れば、俳句が見事に直線的に現在に至っているのに対して、川柳はあきらかに前句付や『柳多留』のところでカーブを描いて、明治中期につながって現在に至っている。むろんこの両者の「詩性」についての違いに優劣を見ようとしても無駄である。川柳における「詩性」の大きなカーブこそ、川柳が川柳であるところの川柳の性質、川柳性がはっきりと見えた時空であり、その特質が川柳における「詩」の今日をつくる源であった。大先達・前田雀郎が俳諧に川柳のもとを見ようとしたのは、このあたりの深い考察があってのことであり、戦後の革新川柳の論陣をはった河野春三が、川柳性にどこまでも固執しつづける矜持をもって、「詩的」にも俳句と川柳は「短詩無性」であると言ったのも、このあたりを踏んでいたからであった。

明治中期以降の川柳が、『柳多留』の初篇の佳句を賞揚して狂句をしりぞけたとき、「詩性」の空間は自然に在ったのだが、その以前にいまひとつ確認しておくべきことが『柳多留』にある。『柳多留』初篇の編者・呉陵軒可有が前句付の中から「一句にて句意のわかり安き」を見たとき、出題七七と七七から五七五までの間の距離は、これも当然のことだが、五七五の一句の中に収斂されたのである。「當世俳風の余情をむすべる秀吟」(『柳多留』初篇・序)の「余情」という一語には、一般的な意味と共に、選者や編者の意識がどうあれ、七七と一句に至る距離が含まれている。

明治中期以降の川柳における「詩的」空間は、作者が自分の思いを書こうとして(あるいは未知をみつけて)型式におさめようとして意識的に省略をすることとあわせて、前句付の七七から五七五に至ったところの距離をも潜在的に含んでいるのである。前句付での距離は、自己の未知へ達する「詩的」距離となった。「詩」の方から見ても、よく言われる「一句の中に問答あり」という言葉は、距離の収斂を言うなかなかの卓見である。明治中期以降の川柳が、すべて「詩性」に向かったのではない。ほとんどの川柳は一句に主意を書き、その中で「詩」が現われたというべきであり、直喩が主流で、「詩」を意識していたひとは少なかったようである。
大正十四年刊『新興川柳詩集』（田中五呂八編著）は「詩」を称している。

天井へ壁へ心へ鳴る一時　川上日車
それほどに金があっても淋しいか　町田蝶三郎
ぴったりと睫毛に今日も仕舞はれる　尾山夜半杖
銃口の迫るが如く冬が来る　白石維想楼
トゲのある飯を食へよと教へられ　直江武骨
そっとその下駄にお灸を据ゑてやれ　三笠しづ子
火星から何か頼りがないですか　加藤翠青
眞っ直ぐに硝子切るダイヤの若さ　前田碌郎

個別的に遊戯性を越えようとする意欲を見せつつ、「詩」についての思考は少ない。自己の内実に視線が向けられているのだが…

（一九九八年九月）

（二）意味の深化

『新興川柳詩集』（大正十四年刊）に「詩」の一語がある。しかし、井上剣花坊・川上日車ら六人の序文には、詩についての言葉も思考の跡も無い。編集後記（田中五呂八）に「詩的感情を智的に整理する」とあるが、発想から表現への移行を言う言葉と読んでも、詩についての説得力はともなわない。序文も後記もひたすら川柳の革新指向の言挙げに急である。言挙げすることで自己確認をするという雰囲気が強い。

しかし、並んでいる川柳は遊戯性から抜け出て、自己の内実を書こうとする姿勢に満ちていて、たるみがない。

例えば、この世で出合う生き難さ、生の苦痛や悲哀や恐怖の意識と、その思いをとりまく外的状況についての認識を、一句に表出するところに、「詩」が書けると彼等は思っていたのであろう。

実際、彼等は、発想から表現に至る過程で、日常生活の中での言葉の指示性から抜け出た、いわば自己固有の言葉を、かなり意識的につかみ取ろうとしている。おそらく、その言葉の獲得の実感を「詩」と思っていただろう。しかし、この『新興川柳詩集』の川柳は、概ね散文で書けば表現できる発想とその「意味」を一句に書くという、「意味から句へ」の江戸時代の川柳の書き方を、まっすぐ受けついでいるし、それがその時代を物語ってはいるが、「意味」ゆえに「詩的飛躍」の距離は小さかった。「意味」が一句の全体に厳と在ったのである。

川柳の詩について考えるとき、その「詩的距離」と「飛躍」が大きく展開されるのは、昭和二十年代になってからだと言えるが、いま一度、「意味」について『柳多留』に眼をやらねばならない。『柳多留』の句は徹底して「意味」を書いている。そして、「意味」についての書き手のスタンスの変化が『柳多留』の変容を如実にものがたっている。

此村になんと酒屋ハござらぬか　『柳多留』三篇

三篇は一七六八年（明和五年）。「意味」についての『柳多留』の変容を象徴する一句である。この翌年には四方赤良らが狂歌の会を開いている。「意味」で成り立つ狂歌の派手な動きなども合わせて見ると、このころ江戸の市井にあった言語感覚が、いかに「意味」に重きを置いていたかが想像できるし、例えばそこに、さまざまな仲間内でのみ通用する言葉や、職人の中での短縮された言葉の使用、枠を念頭に置いて、わざと逆にひっくり返すことば、名前の呼び替えなど、すべて「意味」が確実に在る上での展開であった。

安定した「意味」が在って、はじめて江戸の文化の様式化のさまざまは大胆に行われたのである。そして無意識的にも、ひとつの様式化の発明は、江戸の市井の価値観と結びついていたはずである。

右の一句は、七七「よいかげんなり〳〵」で、野駆のいいかげんさを「意味」していて、同じ「意味」は十二篇「じざいかぎいじつて野かけもてあまし」にもあるが、「此村に」の方が言外に「意味」を置いたということで手柄は大きかっただろう。情景が散文的な発想で、徹底的に省略がなされて、そこに口語が「意味」をかくしてあらわすという機能性を発揮した。

「意味」こそ『柳多留』の真骨頂であった。「此村に」の野駆の距離感、「なんと」の巧みな（副詞の口語使用）修飾と心理描写、「ござらぬか」の身分。うがちと省略が見事に「意味」を描き出している。

町人の社会の言語生活が洗練されていたことはこの一句でわかる。おそらく『柳多留』は、言語によるこの国の伝統的な美意識を突き抜けたのであろう。そこに町人社会の独自な現実観と独自な表現が展開された。口語をはじめとして、すでに現在につながる消費経済社会が、部分的に成熟していた例証としての『柳多留』とも言えよう。むろん突然に突出したのではない。すでに芭蕉は前句付に眉をひそめているし、『柳多留』から遡ること十数年前には、俳の座の手引きとして『武玉川』があり、そこには旧来の伝統的な美意識と町人の世界のリアリティが混交している。そして、そこには書き手の視線が「意味性」に傾きかけているのがはっきりと見えている。

皮肉なことに、としか言えないのだが、伝統的な美を突き抜けた「意味」と遊戯性は、独自な表現を持ちつつ、「意味」と遊戯性ゆえに変化した。独自の感動は周知のように『柳多留』の初期に集中している。伝統的な美を突き抜けたところに、独自の人情や人間諷詠を見る眼は、現代のものである。『柳多留』とその周辺の人達に、伝統的な美の次に何かを求めるのは時代錯誤で、本気出でそれを考えるには、おそらく一九九〇年代の醒めた眼が必要となる。

『柳多留』の変化のひとつは、「意味」と、遊戯としての狂句の増加である。

狂句は徹頭徹尾「意味」で成っている。「此村に」の句も、不案内の地で酒屋をさがす光景、いまで言えばピクニックで足をのばしすぎたところで、自動販売機やコンビニをさがすという「意味」は、言葉の表面には無い。すでに三篇に（『武玉川』や『柳多留』初篇にも）「意味」を言外に置くという狂句の原型があり、この遊戯性は七七の無いところでも書ける、という方向に進んだ。

いまひとつは、伝統的な美を突き抜けたところで、自分達の世界を書くことに、七七の存在はもはや不要だと書き手が思いはじめたことである。書き手の一部が角力界をはじめとして五七五のみを書きはじめて、やがて『柳多留』は七七からの叙法を手ばなしてゆく。これをどのように評価するかについての見識はいまのところ、どこにも示されていないようである。十五篇では狂歌からの参加があり、後年、狂句を名乗る。句の感動が小さくなって、書き手の階層がひろがっていったことについての定見も、いまのところ無い。

いわゆる大衆受けする著名人がところどころに句を書いたり、序文や、ときに選もしたとあるが、『柳多留』のネットワークをいまに伝えるだけで、消費物化していったらしい。

大名に生れぬ徳で夫婦旅　『柳多留』一二一篇

参勤交代の行列に頭を下げながら、町人は自分達の身分に徳があると思っていた。

俳諧の座から見れば川柳は七七のあとに書かれるものであった。しかし、いわば俳諧の座に伝わる伝統的な美を突き抜けたばかりでなく、前句付のルールである出題の七七をも抛り出して、蕉風の根本理念とも言うべき不易を無視、流行のところに俗臭を置いた『柳多留』の句を、俳諧の座に風雅を求めた人々はどのように思っていただろう。

いま、俳句と川柳の領域についていろいろ思考されているが、少なくとも、川柳は七七のあとの一句だと定義するのは、『柳多留』約十一万句の一部だけを拡大する歴史無視となる。さらに、句に美や詩のある現実を、川柳からの逸脱と見るのも早計である。明治中期のいわば川柳の第二次的出発に、「意味」も遊戯も過去から受けつぎながら、自己の内実を、自己の深いところに言葉として求めたとき、川柳は詩を得たと、作者はごく自然に感得していたのである。

（一九九八年十月）

（三）悲哀と詩

是斗着て来やるのと里の母　『柳多留』五篇

「お前が口に出さんとても親も察しる弟も察しる、涙はてんでに分けて泣こうぞと因果を含めてこれも目を拭うに」（樋口一葉『十三夜』）

身分制度は明治維新で変化したが、ありつづけたし、一般の庶民のふところ具合ももちろんその下でありつづけた。身分制度と経済生活がかかわりあって精神を痛めつける哀切なできごとは日常生活の中に多くあったにちがいない。察しること、共に泣くことが、その頃どれほどの救済感をもっていたのか。

引用の『十三夜』の一部分は、身分の高いところへ望まれて嫁いだ娘が、そこにいたたまれずに実家に帰ってきた夜の父の態度である。『柳多留』に書かれた里の母も、『十三夜』の父も、そこにいる母も切ない。嫁ぎ先のはからいで弟は職を得ている。家族皆で「涙はてんでに分けて泣こうぞ」の言葉は、いまの感覚ではなんとも頼りない父だということになるが、小説では父の言葉を胸に抱いて、嫁ぎ先へ帰ることになる。

古川柳が前句付という遊戯性と入選することへの射幸心、あるいはそのテクニックや狂句、衒学的傾向などを競いあうような書き方で、精神的なリアリティを離れて行ったのは事実であり、例句「里の母」の視線は、前句付の書き手の社会的観察眼が五七五の言葉で再構成されたひとつの情景にとどまるものであった。同じ書き手の次に書く一句が、身分の下位のものを冷笑する句であっても、なんの不思議もないところにとどまるものであった。

明治の中期に再出発した川柳が、一葉の眼のとらえていた社会背景とさほど変わらぬところにあったと見ても、大きなまちがいではあるまい。憂国あるいは壮士風の句が書かれても、現実に川柳はジャーナリズムの世界から一般の庶民にひらかれて存在したのである。しかも、『柳多留』に書かれた人情を止揚する方向性を示したことは、川柳という文芸がこの国の伝統的な短詩型文芸と同様の喜怒哀楽の感情、とりわけ悲哀の受け皿としての型式でもあることを示したのであった。よく言われる『武玉川』が『柳多留』の前身であり前ぶれであったことは否定できないが、両者のもっとも大きな違いは、この国の短詩型文芸が常に多く悲哀の受け皿であったことについての書き手及び編者の意識の違いであり『柳多留』は富くじ的あるいはファッション感覚、あるいは錦絵や吉原のガイドブック的な存在として、実質的に悲哀の受け皿のところから外に位置しようとしていたところにある。

したがって、『柳多留』の時代に大きなカーブを描いて外にはずれていたものを、明治中期に再出発した川柳は吸収したのである。

川柳に書かれる人間の思いを、悲哀の一点に絞って視れば、そこにはどのようにも解決できぬ悲哀を書き、共に読み、「てんでに分けて泣こうぞ」という気持ちがあり、傷口を共に感じ、見、ときに舐めあうようなカタルシス願望があった。同時に、大きなカーブを描いたものを吸収したとき、そこに人間の主体性がともなっていた。つまり詩の書かれる条件は、明治中期の川柳そのものに、その社会的背景に、川柳作家の精神にあったのである。

これをもっと伸展させたところで見れば、第二次大戦後のいわゆる民主主義や婦人参政権の実現などをはじめとする、個人の主体性意識の自覚が、川柳に詩的佳作を多くつくり出させることになり、「てんでに分けて泣こうぞ」の姿勢は、川柳においてはほとんど批判のないところでの展開となった。

別の視点をあてれば、一葉が小説のシチュエーションを考えた時に見ていた背景を、精神とのかかわりのところで焦点をむすぼうとしたのが、昭和三十年代から四十年代にかけての社会性川柳と言えよう。

さらに、明治中期からはじまった新しい川柳は、古川柳をもって川柳とする一般社会の川柳観と実質的に大きな乖離のはじまりとなったが、おそらくこの乖離は戦後の小説や詩や短歌や俳句と違って、戦争と川柳についての、そのかかわりあいについての言挙げがほとんどないのを当然とする空気を持続させた。つらくかなしく苦しく切ない、戦争の傷をもっとも多く大きく直に負った庶民の、その文芸はもっとも庶民らしい様相をもって戦後をむかえ、戦後を生きたのである。「てんでに分けて泣こうぞ」を黙々と実行したと言ってもいいだろう。そして、日々の生活も日々に生起する悲哀も続くのであり、川柳作家はそれを書いた。哀切を書く川柳での詩は、その個々の作家の変転を見事に示しつづけて今日に至る。

例えば、主に悲哀を川柳を書く動機として伝統的な川柳を書きつつ、川柳における詩の変転をつづける定金冬二は昭和二十年代に、

駈けつけてくれたは金のない身内　　定金冬二

昭和三十年代に、

クーラーがあればと熱の子を抱いて　　定金冬二

を書いている。共に古川柳の叙法に近いものではあるが、書くということについての作家の主体的意識が「クーラー」の句に強く、その分だけ「駆けつけて」の客観的言い放しが弱くなっているのが見える。さらに四十年代に、

金のない夫婦が歩く琴の上　　定金冬二
父は指まで研いでしまった
父はいま模型のパンに手を伸ばす

昭和五十年代

香典の包みをひらくわがゴッホ

と変化している。変化の要因は「涙はてんでに分けて泣こうぞ」を貼りつける言語空間に、悲哀のうわっつらではない、より深い、自分自身の深部にある悲哀を自分の言葉で書こうとする、単純で

強い自意識があったからである。カネについての夫婦それぞれの思いが、あやうい綱渡りをイメージさせるような琴の糸と、そのそれぞれの、より個的な思いがどのような哀しい音色を抱いているか。「琴の上」「指まで研いで」「模型のパン」川柳作家が川柳を書いて得た川柳における詩である。

悲哀の具体性が省略されてゆくのは、より深い自己のカオスに言葉を求めるからであり、時にそれは自己の歴史の無意識的収斂の中から浮き上ってくる、とても強い手ごたえのある替えがたい言葉であるからであり、そして、この詩は前句付の書き手が出題七七から五七五を得ようとして想を求めた飛翔の空間とほとんど同じところから生まれた「詩」である。もちろん現代の川柳作家が具体性からはじめて、自己の主体性による主観をもって自己の内実へ一語を求めてアンテナを向けることと、前句付の書き手の遊戯性とは違うのだが、その同質性はあきらかに川柳が川柳であるところの川柳性の生きつづけていることを川柳作家に実感させるはずである。とりわけ定金冬二という伝統川柳の作家が一句に具体性を残しつつ詩的飛躍のもたらせる抽象性を書いたのは、一句の発想の具体性についての自己の誠実を保ちつづけようとした証しである。発想が抽象的な思いで書かれるとき、その飛躍は実に見事に奔放である。

セクシーなフットボールが置いてある　　定金冬二
焼死体　時間をかけて猫になる

（一九九八年十一月）

暗喩（福島真澄の場合）

文学評論『畏怖する人間』（柄谷行人・講談社文芸文庫）に収められた「内側から見た生――漱石試論（Ⅱ）」に川柳の詩、とりわけ暗喩について眼を洗わされるほどのいい文章がある。

『夢十夜』はまさしく彼の生の暗喩であって、暗喩であるかぎり、ぼくらはそこに一義的に対応する事実性を見出すことはできない。ただその本質的な意味を探ることができるだけである」とプロローグ部分は結ばれている。さらに「新装版へのあとがき」に「読者にはそれを自由に読み、読みかえる権利がある」とある。川柳における詩、その暗喩は、意味を収斂して、意味を充分に満たしつつ、意味から離れた質をあらわす言葉を定着させる場合が多く、読者がそこに具体性を求めると、作品とすれちがうことが多い。

窓の長さは一秒間だ　鳥の影　　福島真澄

病身、身を動かすことのかなわぬギブス・ベッドで書かれた一句が胸にしみる。この「鳥」は花鳥風月の鳥を突き抜けている。すくなくとも、自己の思いを曳き出すきっかけとしての季語や季題の持つ余裕とは無関係な鳥である。この句を収載した福島真澄の第一句集『指人形』（一九六九年、川柳研究社）の序で、川上三太郎は「眼は病室の天井をみつめているだけである。だからそういう環境から出てくる句は水、魚、草木――そういうものはどれもみな抽象化されている」と書いている。抽象と言い切る三太郎の眼は鋭い。

空をとぶ自由とか飛翔への羨望の象徴としての鳥をはるかに超えて、ここにこのようにある自己の存在を一句の中に埋めつくし、一句こそ自己、屹立する一句の言語空間こそ自己である、とする強固な意志のもとで書かれる「島」は抽象となる。抽象の一語となるところにまで自己の言語の探索を追い込む、それがこの作者の自己への誠実であった。実存の自覚だけが書く行為への原動力であった。

現代の川柳における「詩」を見ようとするところから右の一句の抽象性を見ると、暗喩を、それも極めて高度な、あるいは純度の高い暗喩を書くレベルに抽象性が達しているのが見える。

はたして数年後にこの作家が自己の悲哀をアルカイックな美意識をもって川柳というこの小さな言語空間に展開して見せたとき、作者にとってさきの抽象化への思惟が詩の展開へのプロセスとなっていたことが見事に開示される。

うたた寝や　乳やる沖の水時計

狂い日傘の蝶の原に赤子を摘みに　　福島真澄

濃度の濃い、純度の高い抽象が、事実性や意味性を充分に収斂して、質をあらわすところに達していれば、その暗喩も見事に質をあらわす好例が右の二句である。

繰り返すことになるが、福島真澄という優れた作家が、自己の主体性を川柳という言語空間に立たせようとして、この場合、悲哀の堆積を書こうとして、いわば意味を離れるまで煎じ詰めて、質をあらわすところまで抽象化されたのである。抽象はそのまま横すべりに暗喩の獲得へ移行していた。病室からようやく家庭に復したとき、そこに暗喩という自己の実存を書く美的世界が待っていた。それがアルカイズムであれ、個的な美的感溺であれ、自己の実存を解放する空間を得たのである。いっとき、その世界に身をのめり込ませていったことに何の不思議もない。

子を欲する、その不可能のかなしみは掲出二句にあふれてやまない。遙かに遠い夢幻ともいうべき「乳やる沖」、夢幻の原で「赤子を摘みに」。一語一語は膨大な具体性を含んで、その悲哀の質をあらわしている。

もちろん、読みは自由である。子を抱く夢とか願望、あるいは子盗りの思いと意味づけて読むことにまちがいはないし、その悲哀、哀傷に嵌まって感じればいい。それは古川柳の書き手が想を求めた空間と同じところで、現代の川柳が詩的飛躍を成した極めて良質の成果のエネルギーのはたらきである。ただこの二句がその詩的空間に映像的なイリュージョンを書いていることを確認して読むと、より正鵠を得るだろう。

極端に言えば、作者はこの二句に子を抱く夢や願望、子盗りの思いを書いたのではない。それならばもっと直截簡明な

子盗ろ子盗ろと女四十の蝉しぐれ　福島真澄

がある。二句に書かれているのは不可能性である。そこから言葉が求められたからこそ「乳やる沖の水時計」「日傘」のイリュージョンが造形されたのである。作者の精神のリアリティは子盗りのところにはない。書かれているのは、不可能性、断念の揺れである。

「窓の長さは」から「うたた寝」「狂い日傘」までには相応の、本人にとってはつらい切ない年月が

経っている。具体的な悲しみから、その堆積が抽象に至り、高度な暗喩の表現にこの優れた作家はさらに十年を経て、近年どのようなところに在るか。

悲傷という毀れ易きを化石の蝶　　福島真澄
山ボウシやエゴの木に倚りハンケチに拠り
影はやや失速に過ぎ飛ぶ椅子らし
〈ネス〉は三毛虎網膜をいま左折
早暁の雀・鴉・鶫と御ン声よ

事象すべてが聖歌隊のように、交響楽団のように、美術館・博物館の陳列物のように、図鑑のそれぞれのように、時に見え、聴こえ、あるいは時空を越えた縁者、死者まで存在として並ぶのである。子盗ろ子盗ろと見た外界の存在の、そのすべての存在の魅力、存在のふしぎ、めぐりあわせの――。詩はかつて自己の内部にあり、その表出がカタルシスを含む充実であった。それが逆転して、外界すべてに詩がそなわっていると見え、感じ、感受するところにまで作家は達したのである。

ここには悲傷・悲哀から出発して、次を求める孤独な詩人の独歩行がある。川柳における詩の獲得は、いっとき自己を解放する。そこにとどまって自己の実存を書く多くの作家の佳作は、いまあちこちに多く発表されている。

悲傷・悲哀・詩から福島真澄はただひとり、川柳の世界で次の一歩を踏み出した。神とか仏とかの超越性へすべり込むことなく、自己をいつわらぬ自己への誠実をもって個的な詩をふり返って見ることのできる境位に至ったのであろう。

いま詩の無化が一方で言われ、美的感溺の傲慢が見えはじめている。短詩型文芸の世界で傷をなめあうことへの反省期がはじまったとも言える。涙は、あやしい。オペラの悲傷感ただよう場面を見て、あのアル・カポネはボロボロ涙を流していたという。

（一九九八年十二月）

病涯（句集『風祷』泉淳夫の場合）

たぐり寄せては小面の紐に泣かれる　泉淳夫

この、ぎりぎりのところでとどまる。これより先へはいかない、という内容の通信があった。句集発刊直後のことであった。

川柳を書くうちに、趣味性へ傾斜、感溺してゆくことへの危惧を言った青二才への、泉淳夫からの堂々たる宣言であった。嘴の黄色い若僧への微笑と懇切、川柳作家であることの漢《おとこ》の自覚の開示の通信であった。右の一句がこの国の伝統的な遊芸の世界に通じるところにあり、その寸前のところで心象が描かれて成っていることを、もっともよく知っているのは作者である。喉を病んで作者は声を失っていた。

すすき原狂い小袖のひらひら翔つ　泉淳夫

萩の寺　小面通す　萩ざかり

琴や笛抱き月夜の塚に集うてくる

病床でのふと気分のいい日の、言語空間でのひとおどりとでも言えばよいか。「小面通す」、すでに秋のすすき原、萩ざかり、塚をめぐる——。

『風祷』（一九八七年）は病んで声を失い弱ってゆく自分を視つめる孤影の句集である。病んでいる、病は不治のものであろう。老いの自覚もある。普遍の悲しみとはいえ、それをどのように書くか。どのように対峙するか。病老死の認識がしっかり確かに自分のものとなったときの、未知の言語空間はどのように泉淳夫にあったのだろう。世に病涯を書いた名句は多い。

春へ一夜一夜雨夜は覚めて病む　石田波郷

夜半の雛肋剖きても吾死なじ

金の芒はるかなる母の祷りをり

麻薬うてば十三夜月遁走す

起ち上らざるもの胸に萩起す

泉淳夫には泉淳夫の萩ざかりであった。

浮草や水の狼藉はじまりぬ　泉淳夫

病をはっきり自覚した泉淳夫に独自の芒が原がひろがった。立派であったのは、その芒が原への自己の出没を遊びと断じたことである。

芒と空と　すいすい睡る　昼の霊　　泉淳夫

芒野の顔出し遊び何処まで行く

江戸の古川柳を言語遊戯と断じた折口信夫の、その遊戯は泉淳夫において生死の境の心象としての芒野への顔出し遊びにまで達した。ときに冥界に近く、むろんナマの現世へ、そして言語空間へ。遊びと断じることによって客観の視線を得るとともに、具体的に日々生起するすべてと自己の精神の総体をあわせてかかえこんで、発語を可能とする空間が獲得されたのである。七七の出題によって開かれた、前句付の五七五の言語空間は、そっくりそのまま泉淳夫のものとなったのである。そして、個体が出合わねばならなかった病みの宿命を「水の狼藉」の一語によって表出できるところにまで川柳は達したと言える。身にふりかかった、避けることのできぬ宿命のはじまり。あまりにも完全、完璧なまったき個のところに位置しうる文芸。川柳の一典型がここにある。趣味に溺れず、客観の眼でおのが境涯を見て、自己の未知をどのように造形することができるか。どれほどそれは可能か、病んでいながら川柳作家として泉淳夫はうつぼつたる勇気を抱いたのではないか。

小鳥倒れ　コトリと倒れ　声なき玩具　　泉淳夫

この一句に作家的非情を言って評価するのは簡単だが、おそらくそれはあまりに現代的解釈すぎるだろう。むしろここには江戸の前句付の書き手が自分より下位のものを見おろしてあざけるときの位置と同じスタンスがあり、その嗤いが泉淳夫の病涯での強さであった。

しかし、自分を書いてやるとする気概と身体の現実は折れ合うところを持たない。果ては見えるものではないが、だれにも確実に来る。そこにむかわざるをえぬ宿運の歩みであり自覚のところで句集を読むとき、『風祷』は悲しい句集である。句集にはさまれた一葉に「此度、手術の果てに得ました生命の証としてささやかながら句集を発刊」とあり、句集の「あとがき」にも「喉疾患から三回もの手術の果てに今日があって、この間、句集発刊の望みが兆し、その作品の選出を、年来療養の身を励まし続けて下さった福島真澄さんに縋り、選出から細目に亘ってのご心労を煩わした」「永く川柳を書いて来て、病弱の果てに迎える安心立命の念いも、まだまだ川柳に学ばねばならないようであるが、いのち持って得た一書に喜びは一入である」と書かれている。「果て」はいずれも過去形で書かれているが、一語に貼りつく現実を神経はどのようにとらえていただろう。書くという行為が自分の現実を癒すものではなく、仏典を手にした跡も句集に見えるが、泉淳夫は宗教という超越性へかたむくことが、書くことの未知の自己のリアリティを弱めると感じたのではないか。仏典も芒野のひとつの景であった。なすべきことは書くことであった。

仏頭のときに眼ひらく白南風よ　泉淳夫
吉野から仏遊びの足濡らす

書くことが安心立命の端緒と見えていたか
芒野に仏かるがる担がれし　泉淳夫
芒野に寝落つか風の手探りに
芒野に火放ち鬼の手で囃す

素晩年われは腑抜けの芒惚れ

趣味性に流れず、しかし芒野というひとつの宇宙は、泉淳夫の川柳ランドであった。「素晩年」の一句はよくそれを認識していることへの感懐である。この国の伝統的な美があるようで、それは画材を日本画のものとしたことにすぎない。隅から隅まで、現実世界の秩序や規範を負うことのないエゴイスティックともいうべき宇宙で、声を出せずに口をぱくぱく開く自分があり、父も父の車力も鴉も写楽も母も雪も菊も姉も仏飯も、実在以上の実在としてならぶ。川柳で心象をこれほどまでに描いた作品はめずらしい。この達成までのところでフィクションに流れることが多いからであり、フィクションは単純に作者の舌なめずりを見せて終わることが多い。

あるいは、病涯の精神に及ぼすことどものところで評価されたり、超越性の自己内増殖願望との み読まれるかもしれない。それをいくぶんか受けねばならないのが、短詩型文芸における境涯や病涯の作品のほとんどの性質であり、『風祷』もそこにあると認めねばならない句集であろう。

ただ、果てにむかわざるをえぬひとが外界に何も求めず、ひとえに自己の言語空間にいのちを貼りつづけているある日ある時、つらいつらい検査や療治にゆく担送車で、だれも知らぬ笑みや声に出ぬ鼻歌があったと、この句集は思わせるエネルギーをもっているのである。

早春の口を噤みて一チ小節　　泉淳夫

（一九九九年一月）

悲哀の方途

自己の悲哀を書いて他者に見せる行為は、この国の短詩型文学の古典から現在にまで続いている。『十三夜』（樋口一葉）の中で父親の言う「涙はてんでに分けて泣こうぞ」の相互慰撫が、多く書きつがれた大きな要因であっただろう。

もとより作品を書いて、それを他者に見せることで悲哀のもとがなくなったり悲哀が軽くなるものではない。悲哀の詠嘆や感傷の表現については、文芸の諸ジャンルで、戦後にいわば清算され決着したと言えよう。この意味で単純に川柳に書かれた悲哀をとりあげることはズレているのだが、現代の川柳における詩について検証する際に、悲哀が書く動機であったと見える作品から眼をそらせることはできないのである。少し誇張して言えば、川柳における詩的レトリックは、ほとんど悲哀を主にした作品で発展したのである。

川柳は自己を書きはじめたとき詩を獲得した、という河野春三の達見は、川柳という文芸の歴史や独自性を考える上でも貴重なヒントだが、作品の上で詩的レトリックが実質的に展開されるには、悲哀の詠嘆を作者が意識して自己の精神を書こうとする気が必要であり、その欲求が鋭いものでなければならなかったはずである。定金冬二の生活苦、福島真澄の病涯、泉淳夫の病涯と老いをとりあげたのは、詠嘆を感傷のレベルにとどめずに、より深い自分を言葉に求めた作家であったからである。

大正十四年には、詩を冠した句集も出ているのだが、どうしても詩的レトリックを考えるには戦後の川柳ということになる。文学的レベルを云々せずに、例えば小林多喜二に鶴彬を、戦前の火野葦平に戦後の川上三太郎の言動をならべることはできるだろう。しかし、戦前の詩や短歌や俳句の耳目をそばだたせねばならぬ多くの偉才に、川柳はだれひとりとして並ぶものではないと思われるし、専門的な詩についての知識や感性をほとんど必要とせぬところに川柳はあったのだ。もちろんそれを恥じることはない。川柳は川柳としてその時代のその社会に庶民の文芸として在ったのだ。

戦後、女性の参政権などに決着がついて、諸々の欲求が表現行為につながろうとした動きと、一部の川柳作家が詩を獲得しようとしたのが時期的に同じであったと見えるのは当然である。まずなによりも自己の主体性が認識されて、そこに表現欲がともなわねば――。前句付の書き手の掌に七七音が置かれたように悲哀の具体性が置かれて、その表出を鋭く求めて言葉選びがまったき自己の主体性によってなされたとき、川柳は地に足がついたところで詩的境地を得たのである。この具体性から詩的境地で手ごたえをもってつかみとられた言葉までの距離を「飛躍」と言っていいだろう。生老病死、愛別離苦の書かれた川柳に詩的達成度の濃い佳作は多い。最近眼にした一句、

命なりけり原始の菫蔓延す　　西山茶花

ここまで飛躍することができたと言える。

少年や六十年後の春の如し　　永田耕衣
空を出て死にたる鳥や薄氷
晩年や赤きとんぼを食いちぎる

生と老いと死と。見つめる眼は個々にちがう。西山茶花の現時点での精神の位相を、俳句の永田耕衣と並べて、違いはあっても決して遜色はないし、詩的レトリックについても川柳はここまできたと思っていいだろう。

くりかえすことになるが、悲哀を書いても救いはないし事態は好転しない。その不毛性は検証されるべきである。私は私の悲しみを書けばそれでよいとする態度は、詩的文芸をイデオロギーの具とするのと同様に傲慢である。この認識の上に立って、ひとが悲哀の現実から抜けたい解放されたいと願うこころを大切なものとして保持しつづけねばならないし、それが短詩型文芸にまつわるエゴイズムを越える基礎であるだろう。

少し語れば似た傷口はただ耐えよ　本間美千子

喧伝されることはなかったがこの啖呵の書かれた昭和四十四年、「受けた傷をモノサシで計って誇示することはしたくない」という本間美千子の姿勢は、そのころの悲哀について書かれた川柳からどのように脱出することができるかを思念していた川柳作家の先鋭的な部分を証明している。諦観や現実への絶望からのニヒリズムを拒否して、能動性を持ちつづけける方途を得ようとする志向は、川柳における詩的レトリック（「飛躍」）を充分認めつつ、それへの惑溺にむかうことはなかった。生き方への思考が川柳に反映した時代である。

水が欲しいと草黙っている　俺も　岩村憲治
破れ傘かな火のかたちして睡る子に

十代で胸の病にみまわれてそれが宿痾となった小市民の一人が「草黙っている　俺も」と書く。感傷を陳述することの不毛と閉塞を知りつくしているのである。「火のかたちして睡る子に」、自分は破れ傘でしかない。この一句の「かな」はけっして詠嘆ではない。むしろ自身を乾いた眼で突き放して見ている「かな」であり、子と自分の関係を客観の眼でとらえる清新でみずみずしい感情があらわれた「かな」なのだ。悲哀の中での新しい知覚のリアリティがここにある。

訣れにはいつか関わる児と海へ　　岩村憲治
呼吸重たし鰈乾されて日が昏れる
灯し合う街かとおもう　子を連れて

ここにはひとりの小市民が、生きているうえで出合わねばならぬ悲哀を、どのように受けとめどのように越えることができるか思念する能動的な抒情がある。いつかわかれる、日がくれる。それはあきらかな事実だ。そのさけられぬ悲哀があるからこそ、ひとときが大切なのだ。感傷にまみれるとか諦観や断念を書くことに気恥ずかしさを感じる精神がここにある。これを単純なヒューマニズムと冷笑して、この世界の現実や人間関係はもっと非情で汚いと言うことはできる。しかし、感傷の提出のみでよいとする姿勢や、ときにそれが時代錯誤の閉鎖的な（実はエゴイズムの）集団に向かっての批判のエネルギーを持っていることは確実である。

俳句や川柳に、自己の未知を言葉で獲得するよろこびのあることは事実である。川柳はそのよろこびのある事実を悲哀を書くことで詩的レトリックとして得たと言えよう。おそらく、この実践が

俳句との区別をむずかしいものとした。また、俳句の

雨が傷めた少年の肩突込む夕刊　　林田紀音夫
星はなくパン買って妻現われる
鉛筆の遺書ならば忘れ易からむ

の感傷を岩村憲治の川柳と並べると、それほどのあいだがあるとは思えない。素朴でやさしい視線がすでに区別を超越していたのかもしれないのである。ともに清新な抒情があって、それが人間としての倫理を持っているのはあきらかである。そして近年——

水中の河馬が燃えます牡丹雪　　坪内稔典
桜鯛のやうに食はれてみたきかな　　高山れおな

俳句の一部は右のような方向に向かった。このおもしろさ、この言語空間への解放感。それが生老病死、愛別離苦をどのように意識して開拓されたか——即断はできない。そして川柳ももちろん他人事ではない。

（一九九九年二月）

日常性と詩

（一）

「私の興味は常に自分自身の内に向けられているということ、つまり深い所で漂っている自分をどの

ように掬い上げてくるか、それをいかに五・七・五に定着させるか」（大西泰世「川柳木馬」平成三年秋の号）

右の大西泰世の言葉は、川柳において詩がどのように書かれるかを、極めて簡略に、しかも見事に言っている。さきに見た定金冬二、福島真澄、泉淳夫、岩村憲治らの佳作にあてはまる言葉であり、「深い所で漂っている自分」をそれぞれ言葉として表出していることが納得できるはずである。前句付のルールが現代の川柳における詩にどのようにつながったかをも、大西泰世の言葉はものがたっている。

現代の川柳に書かれた日常性について考えるには、古川柳に多く書かれた日常生活の態様の描写と違って、日常の様々についての作者個人の主体的な思いの表出であることをまずこころえておかねばならない。古川柳が当時の庶民の日常生活について貴重な記録であり証言性をもっていることに較べて、現代の川柳に日常性を見るということは、その精神の様態、人間の思いの証言性を見るということである。もし、近未来に、なんらかの理由で、現在の人間の精神の功罪を問われることがあれば、川柳は高度の証言性を有するものとして閲読されることだろう。

（一九九九年三月）

（二）

遠い記憶の父の仕打ちよ　竹の蛇

田中博造

竹の蛇は、竹製の玩具だが、知るひとは少なくなっているかもしれない。父の存在、父の生きざま、父の仕打ち。自分が、いまここに、このように在ることの中に、父の存在、遠い日の父の仕打ちが規定してしまった何かがあるのではないか。時を経て、独立して、妻子のある家庭で、ふと、ふりはらって落ちぬ父の影を意識するとき、深い孤独と寂寥がつつむ。それを書く——詩語へのとばくちである。

右の一句は、日常生活の中で、精神の現実がどのように川柳に書かれているかをものがたる佳句であり、日常的な具体性から抽象あるいは詩のレベルへどのような過程を経て作者が深化するかをも、ものがたっている。

「深い所で漂っている自分をどのように掬い上げてくるか」（大西泰世）の「掬い上げ」を、言語活動と規定して右の一句にあてはめれば、詩を意識しなくても詩のレベルへ作者の思考が進むことを、その必然を納得できるはずである。川柳における詩は、作者の表現意欲の深化によって成ることが多く、そのほとんどは、日常性と地つづきのところで書かれているのであり、日常生活の表層部分の単純な描写と共に日常生活詠が川柳の主流であり基盤なのである。歴史は進歩するというような楽観とは関係のない、ただの変化、必然的変化としての現在的達成が、精神の現実を書く、ということなのである。

この日常性と地つづきの現在的達成は、川柳の内と外に、二つの問題を起こした。

一つは、川柳作家の視野の狭さの容認と、視野の狭さそのものの忘却である。

精神の現実を書く。さらに作家個々の言葉の探査により「深い所で漂っている自分を掬い上げ」る。世界にただひとつの個体である自分でなければ表現しえない言葉で書く。この魅力はとても大きかった。非詩の川柳で、意味性の強い、それが耳目をひくような作品の、ほとんど書かれない現実と反比例するように、精神の現実を書こうとする作品は増していったのである。最近のあちこちの何々賞の作品を見れば、これは瞭然であるし、そのエピゴーネンがとても多いこともあきらかである。

精神の現実、それを作者は信奉し、選者は尊重して、そこには、日常性と地つづきの作品であるという、安心感のごときものが、意識しているかどうかにかかわりなく、共通してあるように思われる。しかし、もはやこの傾向が現在の川柳の主流ともいうべきものであることの実質が、とても安易で軽い、パワーの弱い作品しか書けぬことを思わずに、「私」を信頼している不思議。「私」が書いているという安直な自己信頼は、実はその「私」こそ何かという問いを放擲してのもので、客観的にこれを見れば、たちまち「私」など見えずに時代が書かせているという図式が露骨に負性としてある。つまり、かなり現代川柳として佳い作品であるはずの、何々賞の受賞諸作品が、一様に独創と亜流の区別をつけがたい程度のもので、より以上の深化や上昇の気運は皆無なのである。

書かれる一句の言語は、現実社会のいかなる規範や秩序からも制約を受けるものではないし、外からそれを強いてはならないという、とりわけ短詩型文芸においてかかげられる金科玉条、錦の御旗が、現在の川柳でどれほど低レベルのナンセンスに近いところで、開き直りの具となっていることか。

作者も選者も、自己の精神の現実から離れたところにある「現実」のさまざまを、まったく思考の範囲から消して、その視野の狭さを意識していないのである。視野の狭さこそ現代川柳の大問題である。ちなみに、そこに待っているものは、芸であり、美的あるいは趣味的な意匠であり、共に傷をなめあう感傷への埋没であり、仲よしくらぶの酒食の会合の添え物としての川柳である。さらに自己表出から出た喩の読解力のない主宰者や選者の無知と無恥の露悪的出現となり、その露悪を祭りとしてさわぐ大勢の集団グロテスクさわぎが流行る。

しかも皮肉なことに、精神の現実を書こうとするそのものは、きわめてまじめに狂句や遊戯性を排した、いわば健康路線川柳の現在的到達点でもあるのである。古川柳の軽視あるいは無視、川柳が川柳であるところの川柳性についての思考の無さなど当然のようにだれも言及せず、川柳の特色のように自らも外からも言われていた「うがち」が希薄になっていったのである。ただし「うがち」そのものは変容して精神の現実の、書き方に生きているのであるが、「うがち」は本来、言語であり、その言語のパワーが現状の川柳に下降線をたどっていることは確かであり、もちろんそれは、作家の視野が外に向かっていないこと——つまり外に向かって実は何かを言おうとする、ものを書くことの基礎が、川柳においておろそかになっていることを示しているのである。

問題意識の言表はほとんど無い。多くの好作家も精神の現実を書こうとすることとそのレトリックのところで、詩を認知しあっている。もとより精神の現実を書くことが、まちがっているのではない。問題は「私」であり「精神」そのものなのだ。そかもそれがどのようになさけない狭さにあるかは、眼の前の川柳が示している。

いまひとつの、大きな問題。

それは右のような現在的達成が川柳の必然的なものであったことを、一般社会はほとんど知らなかったことである。

個人の精神の現実を書く川柳の方向性について川上三太郎は「これはあたしの二十歳前後からの野心であったが当時は異端と罵られ、外道と嗤はれた」と句集『孤独地蔵』のあとがきに当たる「わが川柳五十年」に書いている。自己の思いを書くという、何の変哲もないことが、現在の自己の精神の現実を書くというところに達するに至る過程を、三太郎の言葉は教えてくれている。川柳を専門的に書くいわゆる川柳界の内側においてすら、苦闘の歴史があったのである。

吉川英治という大衆小説の超人気作家が川柳を書いても、川柳の源を俳諧に見て川柳性を探求した前田雀郎が芥川龍之介と交流しても、川上三太郎が一般の雑誌の川柳欄の選者をしても、岸本水府が人気歌舞伎役者の舞台を見事に活写しても、そして大小諸新聞の柳壇に多くの著名川柳作家が選者としてあっても、一般社会では古川柳の佳作を記憶し、知っていてくれるひとがあれば最良とせねばならなかったのが川柳であった。風刺、皮肉そしてエロ、ナンセンス、駄洒落。社会的に知られることが少なかったことと、低俗のところに位置づけされていたという、二重のマイナー性を川柳は負っていたのであり、それは川柳という文芸の特異性として記憶されていいことである。どどいつや春歌ともちがう特殊な事情、——この特異で特殊な、一般社会でのマイナー性は、川柳のエネルギーとして思考されるべきである。

いま一般社会の日常性の中に、精神の現実を書く川柳が過不足なく認識されはじめている。しかしそれは、川柳作家の視野の狭小さによって「川柳」そのものの影をうすくしているのである。


（一九九九年四月）

（三）

あきらめをもつ花嫁のしんし張　麻生路郎
ぬぎすててうちが一番よいという　岸本水府
泣き寝入り二三度動く咽喉仏　川上三太郎
春の闇酒の匂ひとすれちがひ　村田周魚
子の手紙前田雀郎様とあり　前田雀郎
皆咲けば百花繚乱妻の庭　椙元紋太

耳に残っている佳句を、書かれた年代を問わずに並べたのは、日常生活の中で川柳を書く作者の位置、あるいはそのスタンスを示しておきたかったのである。

「川柳平安」二百号記念号（一九七三年十一月号）に特集「巨星の光芒」として六大家の作品とそ

の周辺が大きくとりあげられて、六人の作品と人間を知る上での貴重な文章が並んでいる。

同誌同号の雑詠投句欄「蒼竜閣」（選者・北川絢一郎）の巻頭

干し草の匂いの中で魚になる　藤川良子

同「新撰苑」（選者・堀豊次）には

石臼のみぞ浅からずひとごろし　天根夢草

がある。

日常性を考えるところから見れば、六大家と呼ばれる作家の作品にある、生活の中での人間の動態、眼につく物、一情景などが、後者の二句にはほとんどないことが顕著に見える。わずかに「干し草」「石臼」の二つの言葉に、作者の精神のリアリティを表現するためのイメージとして、日常性につながるものがあるが、日常生活の現実を直接あらわすとは言いがたい。

逆に言えば、読者は「干し草」や「石臼のみぞ」という可視的な具体性を、自分の体験と順応させることによって、作品を読むということになる。

作品の評価に関係なく、昭和四十八年頃の川柳の現象として、現代の川柳の表面の字面からは、具体的な日常性が見えにくくなったことをものがたっている二句があったのであり、いわゆる川柳界の作品の流れる方向とか傾向をこの二句はものがたっていると言える。エピゴーネンはすでに多発状態にあり、それを見抜く眼力のある選者と、そうでない選者を浮き上がらせたが、批判はほとんど出ない無風状態で時は流れた。一方、マスコミは小さな川柳欄に、日常生活の具体性のある川柳を歓迎し、それはサラリーマンや家庭生活のカリカチュアを一般社会の投句者に求めはじめる動きとなっていった。もちろん川柳界の作家にも、マスコミにも、マスコミへ投句する一般投句者にも、その時点での川柳という文芸についての思考が相応にあったということにちがいないのだが、古川柳と五十歩百歩のマスコミ川柳と、川柳界で書かれる川柳の、溝はひろがらざるをえない状勢であり、非詩とか平明をつらぬく川柳に強い感動を得るような佳作が見当たらなかったことが影響したとも言えるのである。もちろん、自己の精神のリアリティの表出をこころざして、必然的に川柳における詩性の追求を実作上で成しとげてゆく傾向はとまることはなかった。自分がなぜ川柳にかかわっているかを忘れずに進むだけ進めばいいのだが、平成十一年、世紀末の今日、やや停滞気味である。

言うまでもないが、日常生活の中の具体的な感動より、自己の精神を見よう、それを書こうとする姿勢を作家が示しているのは、作家がそのむつかしい志向を成すことに喜びを感じているからである。が、だからといって非詩の川柳やマスコミ川柳を無視してはならないし、日常生活の中の具体的な感動をそのまま写実的に書くことが、古川柳とか六大家の時代に書きつくされたと思ってはならない。

川柳における日常性についての状況は今も変わらない。さきの「川柳平安」二百号からおよそ二十年後の「川柳新京都」九十一号、結社の創立十五周年記念号に「川柳のやがて」という特集記事があり、十五名の執筆がある。

「日常にべったりと腰をおとして、そこから一歩も動こうとしない川柳があまりにも多すぎないだろ

うか」（石部明）

「平板な日常と自己の堆積は、金太郎アメの作品を生むしかないが」（梅崎流青）

「やがて川柳は真っ二つに別れる。娯楽と文学に」（樋口仁）

ここでは日常生活の表層部分の心理の表出を含めたところをも批判していて、それを踏まえて「真っ二つ」の言葉が、さきの見通しとして出ている。

同誌同号の、この三者の作品。雑詠投句欄「聚洛苑」（選者・北川絢一郎）から。

ずぶ濡れの馬どれほどの科ありや　梅崎流青
蝉の身と重ねて白き粥すする
青き蜘蛛皮下出血の家に棲む
本棚の馬いっせいに嘶けり　石部明
向日葵が咲いてあられもない真夏
噴水に真夏の咽喉を濡らしけり

課題詠投句欄、題「巻く」より。

渦巻いて困る洗面器の海が　樋口仁
下駄箱にキリキリ巻いた捻子がある

「ずぶ濡れの馬」の句をあとまわしにして、「蝉の身」に生命のはかなさとか存在の希薄感などが表現されて自分の現実生活での弱さとか病いの表現が「粥」にある。「白き」の「き」の詠嘆に一句のリアリティの極みが定着されている。「皮下出血」は精神の負った傷である。自分もしくは肉親の傷にこころを痛めている家族とその生活が「家」の一語にあり、その傷についての思い、傷を負わせた社会とか世界に向かって、いつか動こうとするにちがいない自分の精神の内実が「青き蜘蛛」である。「青」を青い発光体、青春性、ブルースのようなマイナーの陰影など、どのように読むかは読者によってちがうのだが、これも「青き」の「き」の一語が不動である。このような読みから、「ずぶ濡れの馬」が心象であり、「どれほどの」の問いかけが自己の内外に向かって放たれていると読める。「本棚の馬」は書物の持っている、自己の実生活とはちがうところの、パワーについての自覚である。「本棚の馬いっせいに」であるから、そのパワーは複数であり、書物そのものへのコンプレックスを作者はかいま見たのかもしれない。「あられもない」は常日頃の自分の生き様への自嘲。「向日葵」は全身をくまなく照らす陽光と、まぶしいような生き方への憧憬。「噴水」も精神的飢えをおもいっきりいやしたいと思う自分へのはにかみと自嘲である。

「洗面器の海」は世界に向かって、ときに勃然と昂ぶる自己の精神の真実。「キリキリ巻いた捻子」は本音のはち切れそうな状態と、日常的に自分を動かそうとしているシステムへの拒否の二つに読めるが、作者の内実の表現であり、その質はほぼ同様で鋭い。

川柳界にやっと出た批判とその実作の実例で、三者ともに日常性についての語句は、読解の手がかりとかヒントのようにしか書いていない。いわば精神の態様のみを書いているのだが、前句付の七七音のように、一句の背後に日常性の実質がありありと在るのである。


（一九九九年五月）

（四）

マンボ五番「ヤア」とこどもら私を越える　中村冨二

ペレス・プラード、ザビア・クガードなどがマンボのバンドで有名であった時代。昭和三十年代の前半である。ラテン音楽のとりわけマンボの開放的で官能的な響きは、たちまち流行して、リーゼント・ヘヤーやマンボ・ズボンなどの衣服に及んだ。モノクロテレビが国策で増加していった時代で、テレビでマンボの演奏を観たひとも多かっただろう。週刊誌の発行部数の大増加が、当時のサラリーマン層のふところ具合や家庭の経済状況を、ものがたっていたかもしれない。太陽族、裕次郎、プレスリー、2DKなど、流行をいち早く自分達のものとする若者ばかりでなく、風俗現象はマスコミとともにその親や家庭や職場にも大きくかかわっていたのである。「私を越える」の表現がサラッと読者の胸に入ってくるのは、作者の質のよい知性による感懐であるからだろう。

赤いピッコロを買ってやる　肥った妻に　中村冨二
むかしぼくの　三太の声に雲流れ
神が売る安きてんぷら子と買いし
子に小さき悪の芽見たり　抱いてやる

日常的な感懐を日常的な言葉で書いている四句である。中村冨二には日常生活の中での思いを書いた作品が多くあり、その思いはいつも外界を含むものであった。外界への戸を閉ざして、自己の精神のみを言語化する書き方について本人がどのように思っていたかはわからない。中村冨二は「マンボ五番」から二十数年後に逝ったのだが、精神のみの言語化の川柳は書かなかった。

言語とは流通するものであり、まったき個人の言語というものは無いのであり、「言葉なんて信じられません」と断言しておいて、「だから私がいま喋っていることも信用しないで下さい」と笑わせ、「でも私は毎日生活の中で言葉を使ってます。その言葉を信用してます」と続けたことがあった。

ボクを喋る　しずかな言葉なんかない　　中村冨二

観念的な作品も、モロに思想を出している作品もあるが、外界を断ち切って自己の精神の内実だけを、という書き方はない。それを単純に、はにかみであると言ってはならないが、はにかみとなる心的要素は思想として存在したのであり、方法として一段低いところからの発語はしやすい、ということをごく自然に発揮していたはずである。

作品の日常性について、冨二とほぼ同じスタンスをとっている作家に寺尾俊平がいる。ともに川柳の伝統を肉体化した大先輩である。

くちづけの夜叉の狎れたる口臭や　　寺尾俊平
古色騒然と妻に様と書いておくメモ
弟は癌でありける五月晴れ
父が病む一揆に負けた顔で病む

蔑みながら眼をつむること多し

かつて高名な評論家が、思想を商品になってしまったと言い、川柳がついに商品にもならぬ今日、冨二や俊平の思想がどのように地に足をつけて在ったかを見直そうとして句集を読むと、思想よりなにより、言葉が生き生きと存在していることに新鮮なおどろきを感じてしまう。そして、そのような言葉を発している人間を感じるのである。

今日のかなり先鋭的な作品が、当人のほかに何びとたりとも同じ言葉を発することができないような表現を求めて、一個の自己の存在を言語空間に貼りつけようとする書き方と、冨二・俊平の書き方が、はたして作家精神のすれちがいを際立たせるのかどうか。

角度を変えて見れば、それぞれの時代が個々の作家になにを強いているか、作家は自分が自分の意志で能動的に書いているはずであるのに、実は時代によって川柳を書かされているにすぎない、という視線——そこに、いま、と冨二・俊平のちがいが浮き上がる。

現在ただいま、自己をとりまく社会状況や日常性を拒否した密室でしか自己は見えないのである。社会や日常生活が一見多様性を持っているようで、実はなにもかもあまりにも同質で平板でシラケているのだ。社会の中に自分を位置させたとたんに個別性のない記号となる、希薄な存在。書いて、活字となったとたんに自分の書いた川柳が拡散してしまう感覚を味わった作家は多いにちがいない。戸をとざしたところでのみ、かろうじて自己を世界の中でただ一人として抽出できる、その受け皿としての小さな言語空間・川柳。そこから見れば、冨二や俊平の書いた川柳が時代と状況に食い込まれて風穴があいていると見える。たしかに、それはあまりにも読者との共感性のところのものである。

しかし、自分をとりまく状況と精神の現実を混然と一句に書く書き方が、はたしてまったく意義を失っているだろうか。たとえ共感性が個性を弱めていようとも、そこには精いっぱいの個の胸中にある倫理が発動しているのである。逆に密室には孤高という名の実態は趣味的な遊戯性への傾斜があり、すべり落ちてゆく先には多くの場合、この国の伝統的な美が待っている。伝統的な美は冨二や俊平にもあって、けっして否定できないが、密室の遊戯性は不毛である。不毛性におちつけずに同調者を求めるとき、実に簡単にヒューマニズムはしりぞけられてナショナリズムがおどり出す。なぜなら、個人的な嗜好が視野のせまさとあいまって自分の存在を自己確認するのに最も卑近な方法はセクショナリズムであり、そこにナショナリズムという、ほとんど過去の権威による個人の偏った認定装置があるからである。

中村冨二はすでに故人であり、寺尾俊平とは年代もちがうが、共に心身をもって知っているのはファシズムのおそろしさと、呼吸のしにくい空気であり、スターリニズムの悪であり、そこここに居る俗物根性の無神経と傲慢である。川柳や川柳界についての冨二と俊平の姿勢はほとんど一致を見ないが、二人とも一市民として、知的で謙虚なリベラリストとしての川柳が多く、一句を書くにあたってけっして外界への戸を閉ざすことはない。

君は創造する歳月の皮袋だね　　寺尾俊平

みごもった伴侶のスケッチである。ほほえみながらあるいは有袋動物を連想したかもしれないが、妊娠という、妻個人の肉体と生理に手も足も出ない男の、あわあわとしたおもいやりが一句となった。「創造」とか「歳月の皮袋」とか、いかにも皇室の表現となっているのは、おもいやりだけではない厳粛なものが自分の中にあるからである。

一絵よ　鈴鳴る街で卵買え　鰯買え　中村富二

子が嫁いでゆく

嫁ぐとや　蛇の卵を君が掌に　中村富二

嫁ぐ糸と赤き不倖に酔う娘らと

人間が、ときに陶酔し、悪を発揮するものであることを知り、避けがたい運命を負うものであることを富二はよく知っている。よき定めを希う父親の思いは「鈴鳴る街」の一語に収斂する。あとの二句は「一絵よ」と書かれた時期がちがう。「卵」の一語のちがいに富二は一瞬たじろいだかもしれない。

わが理想の外で泳ぎ出した鮎一尾　寺尾俊平

寿と書くつまらないと思いながら

子が嫁いでゆく。「つまらない」とは万感の思いでもある。

（一九九九年六月）

（五）

みごもった伴侶をスケッチした「君は創造する歳月の皮袋だね」（寺尾俊平）と同じように、次の

一句、

人を産む柳行李になりながら　倉本朝世

は懐妊と出産を見事にその本人が書きとめている一句である。

夫婦のあいだの子という観念よりも、ここでは一人の人間として人格をもった「人を」という意識が働いており、その「人にとって新しく始まる時間」という、未来への意識がある。この自己客観視の知的感性が、懐妊と出産を言葉でとらえようとする欲求を可能にしたと思われる。実際、感官でとらえたあざやかな一句であり、「柳行李になりながら」という肉体の刻々の変化の過程のダイナミズムは、あらゆる創生の神話を色褪せたものとするリアリティを持っている。

「柳行李」という女性の感官と「歳月の皮袋」という男性の視線は、ものの見事に性差をあらわしているが、共に川柳に流れている「うがち」が無意識的にせよ作句に機能したと見ていいだろう。受胎や出産を書いたすぐれた現代詩と並ぶ川柳の一句として「柳行李」はあるにちがいない。

半身麻痺で下半身は　町田牛肉店になる　中村冨二

歯が痛む手荷物一時預かり所　倉本朝世

言うまでもなく半身麻痺の手術と歯の痛みでは状況はおおいに違うが、共にその渦中にあっての日常生活への意識が書かれている。「町田牛肉店」というなんとも絶妙の固有名詞のもたらせるユーモアは、肉体の異常事態の中で知的な神経が日常生活との断絶とつながりを一語に収斂していて誠に見事。中村富二という川柳の伝統を肉体化した作家ならではのものである。

「手荷物一時預かり所」という喩は、「手荷物」を炊事とか洗濯とかの通常の日常生活として読めば、歯が痛んで今日は家事に手がつけられない、というような主婦の気持ちの喩と読める。なんだそんなことか、すこしおおげさないいまわしだ、と感じる読者があるとすれば、そこに川柳のユーモアがあると言えるはずである。川柳作家は日常生活の中で自己客観視のできる人間であり、右の一句の喩は、けっして簡単に作者が書いたものではない。喩は思いの現実を伝えることができるというレベルのところでしか得られない。

カサコソと言うなまっすぐ夜になれ　佐藤みさ子

日常生活の中で個人の思いがその周辺や他者と接触するとき、その思いが個的であればあるほど、結果はほとんどの場合、思いに添わないものとして終わる。時にそれが自分の存在を無化されるような終わり方となったり、自己の思いを自ら握りつぶして平静を装うようなこととなって、ひとり佇むしかない自分。個と集の、浮世のならいといえばそれまでだが、おもてに出すことのなかった、あるいは出せば潰える自己の思念・願望・欲求。個人と世界の背理として断がくだって、その日が暮れる。

「カサコソと言うな」と自己の内部に蓋をして、常とかわらぬ表情を保ちながら、諦観や絶望にすべり堕ちるのを諧謔の自嘲にとどめるとき、声にならぬ声は「まっすぐ夜になれ」。

作者が懸命にそして慎重に注意をはらっていることはただひとつ、情緒てんめんと感傷を書いてはならぬということである。言語空間に救いやなぐさめを求めてはならないのだ。自己憐憫は自嘲だけで充分すぎる。なぐさめに身をゆだねることは現実と精神の現実の二重の背理を見ることとなる。「まっすぐ夜になれ」と背すじを伸ばして再び次の日常性に、それが多くの場合煩瑣な俗物性にまみれることであろうとも、真正面に対してゆく精神の強さがこの一句にある。読者の趣味性に重ねられて感傷と読まれたり、この世の常についての抒情と見られても、それはそれでいい。しかし、読者の胸にまっすぐ突き刺さるのは、一個の人間の精神のあらあらしい現実の普遍性である。

もちろん、作者は自我意識を他に押しつけるエゴイストではない。自我の現実的成就を自己目的化して社会でふるまうことは、それが言語空間であっても、傲慢である。むしろ、日常生活の中で眼にする様々な光景、

さびしさや青く塗る家黄色の家　　佐藤みさ子

には、自己の深部の思いと通い合うものを他者に見て、自分の言動を客観視する慎ましさがある。人間のこころに普遍的に在るエゴに対する自制の意志。それが他者への共感となり、やさしさとなり、悲しみとなるのをよくこころえている「さびしさや」である。読者が「さびしさや」にやさしさを感じるとすれば、作者の同じこの世に生を送る人間への利得を離れた共感の漂っている一語であるからにほかならない。

抽斗にしまうすぐ死ぬ猫と虹　　加藤久子

でこぼこの薬罐とやっと立っている

この二句も日常生活の中での自己の精神の現実を書いている。キザになるが、精神の抽斗は常に宝石箱でありモルグである。「でこぼこの薬罐」ももちろん精神の現実。「と」は日常生活の表面的な生活と精神内部を共に表現する「と」。「薬罐」が日常性を象徴して、「でこぼこ」がこっけいで切ない心情。古川柳にはじまる伝統的な川柳の書き方が、このように良質の作品を得るところまで流れついていているのである。

縫い針をかざせば空に通路あり　倉本朝世

いまここに、このように日常生活を送っている自分、この現実を自ら選び、受け入れてこのようにあるのだが、自足感の裏に、別の生き方があったのではないかという意識が存在する。決していまを否定するのではないし、別の生き方という思いに具体性のあるわけではないが、揺れるものがたしかにあるのだ。縫い針を宙にかざすと、なにやら現実とは別の通路が針先の一点に、あるいは針の穴のむこうに、誘うように光る。それはまた、いまこのようにある自分を肯定的に認めて、明日につなぐ活路でもある。

これまで多くの人々が、いまここにある自分とは違う別の自分、望むべき自分を主題に書いてきた。それは精神の現実を書く書き方で多くの作品を残してきた。

しかし、倉本朝世、佐藤みさ子、加藤久子らの川柳は、実はその系列から一歩はずれている。一見すれば、いわゆる女性川柳の系流に位置づけて読める作物であり、自己の思念の現実的実効性の無さが書かれているのだが、彼女らは自己中心性を作の中心には置かない。個的思念が潰えるべくして潰えるのが人間とその世界の常態であること。それを確実に認識した視線を持って書かれるので、他者に向かって自己の思念を訴えるメッセージ性は当初から極めて弱い。これは彼女たちがものを書くという文学性について、とても現代的な知的認識を持っている証明であり、だからこそ、喩は読み慣れないとわかりにくいほどの、純粋で読者に媚びを売らない言葉のレベルでなされているのである。日常生活詠もその先端部分は修辞の時代に入ったのである。

（一九九九年七月）

日常性と非詩の意志

短詩型文学の歴史は、その作品のひとつひとつにおける書き手の「発見」の歴史であったのかもしれない。発見とは大仰なことではない。人間の手とはこんなかたちで、こんな動きをするものなのだと、あらためて自分の手をみつめるような「発見」である。いわゆる若書きの魅力は、この発見のみずみずしさにあると言えよう。年月を経た作家が、いつまでもこのみずみずしさを持続することは殆どない。ひとつところにとどまらずに、進展をとげて自己深化してゆく好作家には、そのつど個的にたどりついた新しい発見が伴うが、若書きのみずみずしさは続くものではない。特に題材が日常生活の中での嘱目や感慨ともなれば、慣れにまみれた堂々めぐりか足踏みのくりかえしが常態となって、いたずらに表現技術が芸としてのみ長けてゆく。

句集『容顔』（樋口由紀子）は、ものを書く人間としての「発見」の感性を、川柳を書きつづけつつ自己開発したその成果の集成である。レトリックや芸の発見にすべり落ちることのない、意味性への固執が川柳性を強力に持つ方法を創り出しており、見事に現在の川柳の先鋭に位置している。知性をもって近代を超えようとする短歌や俳句の新しい動向とその成果に、川柳がようやく並ぶことのできる一書と言えよう。

樋口由紀子

はつなつへ全身の水入れ替える
未体験ゾーンで魚と浮き上がる
二人組うすべにいろの息を吐き
右足で家の深さを確かめる
両耳がさらわれそうで立ち上がる
湖のボート繋がれ盂蘭盆会
半身は肉買うために立っている
脱水機が故障したのは月夜のせい

非詩として「全身の水入れ替える」「右足で家の深さを」「両耳がさらわれそう」「月夜のせい」などの措辞が、若書きの魅力をもったみずみずしさのところでなされていることは注目に値する。これは樋口由紀子という川柳作家が、自己の感性をもって日常生活をなにひとつ疎かにせず、カメラマンのような個的な眼で、自分の眼の高さからまっすぐに事象を見つめていることを物語っている。そしてもちろん「発見」は言葉をもって成るのである。

そこに暗喩はほとんどない。非詩を意志することによって、一句一句に作者自身の、意志が立っている。作家の裸眼が何を、どのようにとらえたか、だけが作品となっている。たとえば、

　面の紐結べば橋が見えてくる

詩的感興は全く無い。詩的な喩を用いる必要はまったくないし、あってはならないのだ。浅川マキの「赤い橋」を想うのも「たぐり寄せては小面の紐に泣かれる」（泉淳夫）を想うのも読者の勝手だが、作者には「面」そのものでなければならない。これ以上具体的にも抽象的にも加味されることがあってはならない。個的感性の真実。

　感情移入牛蒡の煮える匂いして

も同じ。牛蒡の煮える匂いが作者に何を認識させたか、もしくは感情移入ということを、彼女がどのように認識したか、だけが一句として立っている。エセインテリが詩論や詩法をふりまわす次元に樋口由紀子の作品はない。

　永久歯から逃がしてしまう原風景

　裏側は胎児のかたちして哭けり

も、いわば報告詠とか日記川柳に属すると言える川柳であるのだが、だからこそ、作者の感性の現実がすなおに唯一無二の言葉をもってとらえられているのである。

　水底にロバのパン屋はやってくる

現代川柳の秀でた作品は、読者に読者自身の感性のリアリティを喚起させることがある。もちろん想像は自由で、この一句から会田綱雄や草野心平の詩の、すぐれた水中のイメージを想ったり、プールの底で突然、孤独感を無音の世界に感じるような体験を想ってもいい。作者には、そのような読者個々の想いの真実と同じように「水底にロバのパン屋はやってくる」こそ、自己の絶対不変なのだ。

淫々と身体の内に白き斧　　樋口由紀子
鋲の先雪を久しく見ていない
タオルケットを被る無在庫ショップ
宙返りしてみましょうか彼岸入り
求愛の土曜日の首やわらかい
右頬にあるのは東北新幹線
黒板に名前を書いて眠ろうか

一言で言えば、樋口由紀子の川柳には、どれも樋口由紀子の「ほんとう」がある、ということである。「白き斧」に一人の女性の身の内のほんとうがあり、「右頬」にこそ「東北新幹線」はあるのだ。さきの「感情移入」と「牛蒡の煮える匂い」は逆になってもいいが、「鋲の先」の次に「久しく雪を見ていない」とは断固としてならない。「鋲の先」は間髪を入れず「雪」なのである。そこで作者の「ほんとう」が言語に実現するのである。同様に「彼岸入り」という、形而上と形而下の交錯し混交する慣習についての知的な認識は、それを感性をもってすれば「宙返りしてみましょうか」なのである。けっして奇を衒う表現ではない。慣習そのものの持っている、それが人間の精神に溶け込んでいることの、いわば人間の珍奇さがとらえられているのである。

しんしんとわがたいないのかたちあり

としか言い表しようのない認識。言語をもってはじめて認識が認識となる。

言うまでもないが、作者にとって一句の意味はひとつである。句集全体を通じて、作品の意味は具体的なものも抽象的なものもあるので、先に読んだ作品と同じ読みをすると意味は読者の中で重層性を持ち、指示性のゆれることがある。意味性についての固執が狂句に及んだ古川柳の展開を言うまでもなく、作者自身の「ほんとう」は重層的に読まれても微動だにしない。非詩の意志を持って川柳を書くと狂句に向かう可能性は現在大きい。それが現在の川柳の先端の所にある証左であるとあえて言っておきたい。白と書いてクロとルビをつけようか、とはおよそ三十年ほど前の中村冨二の言である。いま、その時が来ている。

個人が社会の中で一記号とならねばならない世界に、一人孤独な背を向けて、個の存在を示す方途。日常生活の中で川柳すること、その言語空間に自己の「ほんとう」を書くこと。従前の短詩型文芸に見られた感傷や情緒のレベルでそれはできない。徹底的に作者は個に執着してこそ方法をものにすることができ、記号ではない人間の個の開示に近づいてゆける。もはや個人の精神とか思想は価値を持たない。精神とか思想が表現されて、集の中でそれがパワーを持つことは、すなわち他者への抑圧となってしまう。樋口由紀子はそれを知っている。

遠い日、折口信夫が川柳を言語遊戯と断じたその川柳が、かろうじて、例えば「脱水機が故障したのは月夜のせい」と、モノローグをダイアローグ化することによって、個の実在を認知する具となった。個の精神がただそこに立っている。その精神の所在の受皿として。

（一九九九年八月）

日常性と詩（六）

日常性と川柳における詩について、川柳新京都社の創立五周年記念事業の『新京都　合同句集』（一九八三年刊）をテキストに考えたい。当時の川柳における詩を見るのに最適の資料であると思われる。

涅槃図のこの明るさは何だろう　佐々木葭夫

釈迦の死と悲しむ弟子達や悼む動物達を描いた絵が明るい。死者の魂は浄土へ行くという宗派では、通夜や逮夜で浄土の徹底的な賛歌「仏説阿弥陀経」を僧が誦す。もちろんこの作者にそれを言うのは筋違いで、作者は日常生活の中で時に人間（自分）の死を思うことがあり、その堆積が涅槃図との出会いによって「この明るさは何だろう」と感じたのであろう。この作品に詩を読みとる必要はまったくないが、日頃の思いの堆積とその収斂が如実に見える作品であり、川柳における詩性のとば口の一句と言えよう。

ほぼ同じことは次の作品などにも見える。

ぬるい湯と流れつづける簀の子板　荒井慶子
きつね雨いじわるばあさんには敗ける　池内邦子
風媒花与え尽せる日は無いか　近藤智子
水が涸れたらのんびりしよう水車　沢村智章
こめかみよ葱をせわしく刻んだね　辻嬉久子
あらかたは見えたと思う見たと思う　橋屋文子
菜の花が咲いていそうな退却路　福光二郎

堆積したものがそれぞれ抽象されるのがわかる。日常生活に足を据えて、主題が抽象レベルに至ったという実感を得るところまで思考され、もちろんそれは言葉をもって完成する。そこに若干の装飾性が加味されるのもごく自然で、ことさらに詩性の獲得は望まれていない。この地点で装飾性に向かわずに日常生活の具体的事象をもって完結する。また

豆腐屋を呼んでいるのは弱い父　桑原伸吉
橋の名をいくつも覚え妹よ
カレーライスの似合う男を友だちに
灰皿にまいにち消える物語

の書き方がある。古川柳に書かれた庶民性が、まっすぐここに繋がっていると言えよう。詩性の有

無は作者には問題ではない。

日常生活の中での感懐や思念を、より自己の深部から表出しようとする意識と意欲が、美意識や秩序感やボキャブラリーなどと貼り合わされて抽出され、一句の言葉に定着されるとき、そのほとんどは喩である。詩性川柳の喩を次に見ることができる。

おもうほど胸には満たぬ樹の雫　　山本昭子
汲みつくし汲みつくしては季を深む
脳髄に乾いた矢立だけがある　　北川絢一郎
終章へ追いこんでくる重い雪
風のかたちに吹かれていった秋蛍
乖離とは雪を斜めにうけながら　　前田夕起子
訣別の小舟を流す喪を流す
一枚のはがきの軽い宴かな
修羅咲きのさくらと一夜眠るかな　　村井見也子
忽然と消える日に咲け豆の花
呼びおうたあたりで急に昏れる街

川柳における詩的達成というところからのみ見れば、当時のひとつの達成である。感傷の湿気をもった抒情詩であり、この傾向は当時の川柳界に多く見ることができた。

しかし、同じ句集に

片べりの靴でだまって家を出る

遺書はまだ書けぬ市場へ買物に　　渡辺極堂

小便に起きて水呑んでねる

の醒めた自己客観視とそのリアリティのところから見れば個性的ボキャブラリーの抽出が美的衣装をまとった喩であることは瞭然である。旧態依然の諸々が当時の社会状況にあり、それを負いつついわゆる実存意識が一句となるとき、抒情に美的意匠がまといつくのは、あるいは社会的必然であったかも知れない。わずか十数年前だが、今日から見れば、まだ個人の精神と社会状況との背反部分が露骨に見えていたので、ナルシシズムは読者の眼に同情を呼ぶことがあったのである。状況に向かっての改変意識や弱者への悲しみ、弱者どうしの共感は具体的にあった。意匠をまとった喩の使用は角度を少し変えて見れば、川柳における芸と見ることができる。芸が前面に出るとき作者の精神の現実は表面の言語空間から退いて宙吊りとなって読者の胸には迫りにくい。同句集には、意味性にこだわって詩性に無意識的に近づいていったことを示す次の作品などがある。

水のんで軽いいのちを守らねば　　坂根寛哉

遊んでる吊り革がある豊かさよ

聖書読む子らにひろがる森その他

受胎聴く　鱗　三枚五枚　剝ち　　田中博造

冬近し木枯の種地に充つる
子が病んでムンクの画集遠くある
転がり出たるは単身寮の冷えた飯
単身寮よ妻を大事にしてきたか
冬のひとつは単身寮で廻る独楽　　前田一石

「聖書」「ムンク」「単身寮」「独楽」は作者のボキャブラリーだが、意匠ではない。どれも日常生活の中での自己の精神の現実を直線的に伝えようとする言葉である。「豊かさ」というごく一般的な言葉もここでは坂根寛哉個人の喩であり、同様に「森」「鱗」「独楽」も詩的表現の喩である。川柳はその歴史の中で個人の思いを表現する受皿となり、さらに個人の主体的な能動性をもって個人の精神の現実を表出する言語空間であることを可能としてきた。その流れに「森」「鱗」「独楽」は対応している。このレベルから見れば、これら三者の「軽いいのち」「冬近し」「木枯」「冷えた飯」「冬」などの用法は、さきの意匠と同質であり、やや感傷とナルシシズムの湿気を負っているが、当時の川柳を多く読むと、多くの佳作が抒情の域にあって、すでに存在する感覚的な表現と独自の喩の混交が通常であったのである。

箸　茶碗　誰の日暮れを見るために　　岩村憲治
浮遊ありパセリの丈に挑まれて
青痣がひろがる昼のカレー食う

この句集で日常生活の中での感懐や思念を書いて、感傷や装飾のもっとも少ない作品の叙法は岩村憲治が示している。とはいえ、主題そのものが冷徹な知的思考や倫理性とか社会性のところにはなく、あるいは社会主義リアリズムとか思想の押しつけでもないので、相応の感傷は作品にあり、小市民の内実は感傷を含んで言葉に定着している。しかし散文的意味性に固執しつづけて、型式と対峙するところにもたらされる言葉に装飾性とナルスシズムはまといつく余地をもたない。精神の現実だけが言葉となり、小さな型式ゆえの省略をもって作者・岩村憲治が小市民・岩村憲治を追いつめた結果の言語であること。作品はその苦闘を秘めている。例えば「パセリの丈に挑まれて」の表現が見事なリアリティを持っているのは、ひとえに作者が精神の現実を言語化しようとしたからであり、表現のためのボキャブラリーの検証や既成用語の探索に向かわずに、パセリそのものを（眼の前にそれがあってもなかっても）精神の現実をもって見たからであり、それが挑んできたからである。

某日を全うし終え睡る草　　岩村憲治

（一九九九年九月）

（七）

隅占めてうどんの箸を割損ず
引廻されて草食獣の眼と似通う　　林田紀音夫

黄の青の赤の雨傘誰から死ぬ

木の家のさて木枯らしを聞きませう　　高屋窓秋

河終る工場都市にひかりなし

きりぎりすきのふのそらのきのこ雲

昨年と今年、仰ぎ見ていた俳人のお二人が亡くなられた。共に、いわゆる花鳥風月の展開ではない、自己と世界とのかかわりあいのところから佳作を多く書かれた好作家であり、特に林田さんには作品を頂いた川柳誌もあって、川柳に近いところの俳人としての印象があった。右の「黄の青の」「きりぎりすきのふの」と鋭角的なキの音からはじまる措辞など、こまかいところだが見事なものだと感心したことがある。時の流れも社会状況の変化も迅速かつ無情だが、お二人の俳句が消えることなく人々の眼に多く触れられることを願いたい。

妻のボーナスで買った肌着を着せられる　　堀豊次

指輪にする真珠を妻が持っている

仕事場の石ケンとして減ってゆく

錆びた空気が出てくる十二月のラッパ

デモから帰った子のかす汁を煉炭に

万博で買えないメコン河の地図

妻の白髪が一本一本歩いてくる

昭和四十年代後半に、川柳誌の「第三雑詠」欄が話題になった。「主選欄より少数であるところの投句家と選者が対峙しながら、一人一人の個性の抽き出しに努めてゆく」（泉淳夫「川柳平安」一九七三年五月号）ところに意義のある投句欄であり、「訴える心との対話でよかった時代から、急速な文学全般の変貌は、見えないもの、聴こえないものとの対話を強いられるようになり、そこから現代川柳の多岐さが強まったと言える」（同文）

当時の川柳の状況を簡潔で的確に把握しつつ、第三雑詠欄を説明した言葉であり、感覚的措辞の急増についての善意をもった誠実な対処をものがたっている。事実、その後の川柳は感覚的措辞のおもしろみを先行させて、知性の深化がなかなかともなわぬ問題をひきずりつつ今日に至ったのである。

感覚的な川柳が急増した背景には、自己の主体性についての信頼と、自分自身に内在する未知の領域を引き出すよろこびがあった。川柳に暗喩が増え、それを感覚的に読みとれるかどうかのところで、投句者は冷静に投句欄の選者を篩にかけ、静かな淘汰があったのだが、それに気づかぬ選者もあり、結社と川柳誌にそれなりの動きもあった。

感覚的表現と暗喩が増えたことは、川柳の書き得る領域をひろげたのであり、「詩」が実質的に川柳に定着したのであった。「第三雑詠」の選者は、川柳に書かれた「詩」を読めるひとでなければならなかったのである。

しかし、感覚的表現の増大は、川柳の全体の流れの中では、前近代的抑圧やその愛憎などの表現には大きく寄与したが、いわば川柳におけるモダニズムと、そのコピーの流行の様相を見せて、リアリティのない心象捏造は今日に至っても消えない。

「川柳平安」誌の第三雑詠「新撰苑」の選者・堀豊次は、感性の解放を肯定的に受けとめて、精神のリアリティの見える作品は自己表出としての価値と認めていたが、一方、感覚的表現の増大と知的視線の停滞による、作家に内在するズレを、沈着に見つめていた。

言うまでもないが、選者はよき伝統の螺旋的上昇あるいは変転に、実質的に参画して、その動きを担う責任があり、しかも当時の社会状況の変化と日常生活の変化については、客観的な視線と歴史についての認識をもたないと、川柳そのものの停滞と偏向を投句欄に曝す可能性があった。逆に言えば、投句者の中で選者についての淘汰が出ているのであるから、「第三雑詠」のよき選者は好作家を集め、川柳の歴史のコマを次代に向かってっまわすバネとなることができたはずである。

わが子病んで弁証法は異邦のもの　　寺尾俊平
妻に教えるフランス革命歌や新涼
弛緩する前後の妻の倫理とは
くちづけの夜叉の狎れたる口臭や
帝王猫背重き帽子を振るばかり
ひとづまのほとのあたりの白さが朝

「新撰苑」(堀豊次選)への投句者・寺尾俊平は他柳誌の「第三雑詠」の撰者であった。両者の信頼の厚さは言うまでもない。感覚的表現の増大とそのコピーに「第三雑詠」の撰者は真正面から当たらねばならなかったその時代、例えば右の六句にはほとんど感覚的表現はない。「新涼」「夜叉」に若干の飛躍と喩を見るが、ほとんど韻律を踏んだ散文とでも言うべき作品である。

二十数年後のただいま現在、これら六句を凌駕する日常生活詠がどれほどあるだろう。作者は散文的発想から喩に向かわずに、徹底的に川柳的な省略に努め、選者はそれをがっちりと受け止める。いささか常套的な表現になるが、火花の散るバトルが「第三雑詠」にはあった。

平和到来死んだ少年兵とケシの花　　寺尾俊平
机に椿と河上肇集の翳
楯と棒のいくさの広さ春浅し
荘厳な綱渡りが終った毛沢東氏よ
むしろ大宅の病死に憶い濃き冬ぞ

時事吟である。「むしろ大宅の病死」の句は三島由紀夫の死と対照的な大宅壮一の死を書いている。日常生活の中で、一個の人間がここにあり、こんな思いで世の中を見ているという、個人の主体性を通過した川柳である。

堀豊次、寺尾俊平が、選というきつい苦業の中で、眼の前を通過してゆく川柳の変革が、ともすれば知性をなおざりにしてゆくのを、どのように考えていたかは、その作品と選を見ても判然とはしない。だが、この二人が少なくとも日常性を大切にして、そこの川柳という文芸が在るということを、共通認識として通い合うことを願っていたことはわかる。いまその例証を列挙するスペースはないが、誠に単純に、この二人は日常性の中に川柳という文芸の在ることが、いいことだ、と信じていたにちがいないし、身をもってそれを知悉していただろう。

おそらく、そこに川柳という文芸にかかわることで得た、自己の知性の堆積についての自覚があったのだろう。もちろん二人の思想はかなり違うものであり、その後の言動もまったく異なっている。だが、共通点を客観的に見れば、二人は川柳という文芸をヒューマニズムとむすびつけることの可能性について、抽象のレベルで実によく似ている。

ただ、二人が選という苦業で知りすぎるほどよく知っているのは、川柳作家の個々の知的上昇志向についての、持続性についてのバラつきであったにちがいない。知的上昇が停滞していて、感覚表現のみ刺激的に展開することのできる作家の多い現在、二人は徐々に活動を小さくしようとしているのである。

（一九九九年十月）

定金冬二小論

定金冬二の川柳は、人間がその生のうちで負わねばならない苦しみや悲哀を基底にして書かれていることが多くて、その普遍的感情は読者の胸に迫る。古川柳から現代川柳に至るよき血脈をその普遍性のところで享けついだ作品と、現代的感性をもって詩的飛躍を得た作品に佳句がとても多い。

津山の大会はいいぞ、行くなら前夜から行くといい、好作家が大勢、ざっくばらんに言葉をかわしあって、横で聴いているだけでも参考になり刺激がある、と先輩にアドバイスをうけた。十数年前のことである。

宿の雰囲気は特別のものがあり、食事もビールも、もちろんあちこちでごく自然にできる車座のはなしも、なにもかもとてもいい一夜があって、翌朝、定金冬二さんの独り言のような同室に居る人達に言うような声
「さああ、戦争じゃあ」

と。いかにも川柳作家・定金冬二を自らものがたるような声であり言葉であった。

地元の、年に一度の川柳大会にこれから臨む、その朝の第一声である。六月初旬、快晴、吉井川を一望できる宿の二階の声はいまも耳に残る。

句会や大会で課題を釣り針のように自分の内におろして何かを求め、針にかかった言葉の手ごたえを句箋にうつすとき、ああ、冬二さんはこのてごたえを得る名手だったなと思うことがある。

江戸時代の前句付の書き手が、七七音の言葉(抽象)から一句を得ようとする際にもたらされた「うがち」をはじめとする川柳的特質は、いまも題詠に濃厚に在りつづけている。極端に言えば、川柳を書くよろこびのとても大きな一要素は、形式が自己の思いを言葉として引き出し一句となる、川柳を知らねばついに世に表明されることが無かったかもしれない思いが、言語空間に自己表現することであろう。

定金冬二の川柳が題詠であれ創作詠であれ、前句付にいて獲得された川柳的特質を見事に、現代

性の中で享けついでいることはあきらかであり、この意味で定金冬二は伝統川柳の作家でありつづけた。形式のもつ思いの誘発力を身体化した作家は、もちろん冬二ひとりではなく、川柳作家の一般的な習熟度合の客観的めやすでもあるのだが、そこに引き出される思いや認識やイメージは冬二の場合実に一般的なものであった。かならず普遍性のレベルで言葉が据えられている。これは自己表出の濃度を価値の基準とするところから見れば冬二の川柳のマイナス点であり、事実、冬二の川柳の措辞のみをとりあげてそこに個性を見ようとすることに意味や意義はない。言葉を変えて言えば、作品の措辞に冬二のわがままはないのだ。

定金冬二の川柳に表われた個性、その特質はおそらく並はずれた人恋いのこころであり、個人を恋うのではなく多くの人々を自己の感情、感覚、感官あるいは倫理感のところへ呼びもとめる、人恋いの欲求である。

にんげんのことばで折れている芒　　　定金冬二
もう紙にもどれはしない千羽鶴
セクシーなフットボールが置いてある
まごころの一点にある陸橋よ
オリンピック終わり地にあるものは妻の耳
土があるので蟋蟀の死に土をかけ
切符一枚うごかしがたき河口かな

痛いところに朱の椀が置いてある
指の疵　僧百人をならばせる
妻に渡す花の名ぐらい知っている
妻に訃が届くやさしく妻を抱く
風が出て妖しきものは我が両手
今年いちども蛍を見ない許せない

まったき未知を自己の内から引き出そうとも、美的到達点の表出でも、だれもが言い得なかった「うがち」であろうとも、言葉の獲得の手ごたえが抜群であったとしても、それらの川柳的達成より以上に、定金冬二には優先すべき思いがありつづけたにちがいない。それは他者を自己の思いに呼び寄せるエネルギーを一句がもつこと、である。

事実、一句の完成度のバラツキは多く、遊びごころによるたのしみだけの句と見えるものもあるが、どの一句をとりあげても冬二はひとのこころを求めて、一句を普遍性や一般性のところに位置させつづけている。

当然すぎることだが、このような姿勢は川柳作家としての冬二と実生活者冬二とを乖離させる。冬二自身はこの乖離をどのように認識していたのか。句集『無双』（一九八四年、一枚の会）の「終わりのことば」に

「家がなくなった。貧しくなった。そんなことはまったく気にならなかったし、どうも私は、貧乏人

でありながら、貧乏人になりきれず、労働者でありながら、本物の労働者になりきれない。そのためにずいぶん心に負担をかけて来たのだが、川柳家としては、貧乏人であったために、常に飢えた寒い場所におられたことが、幸せであったようである」

とある。「気にならなかった」は個的デカダンの主張音であり、「ずいぶん心に負担をかけて来た」とは日常生活あるいは家庭のひととしての感懐である。矛盾、自己撞着は覆うべくもないが、川柳家としては「常に飢えた寒い場所」にいることができたという。実生活と地つづきでしかない川柳を、実生活より上位のものとしようとする定金冬二の相克は、その川柳の一句一句に循環しつづけたにちがいない。

（二〇〇〇年一月）

句集の時代

自分の書いたものが活字となるよろこびは、ワープロやパソコンさらにメール等が日常生活の中に存在することによって質が変わった。しかも社会的変化が、アマチュアがものを書くということは、消費行動のひとつでしかないというところでのみ、成り立つものとした。消費行動であるからこそ、短詩型文芸の人数が、いま増えているのだと言ってもいいだろう。

川柳界は各地の有力作家の作品の佳さと作家の名によって大会や誌上句会に魅力を持たせ、シンポジウムやディスカッションを開催したりしつつ今日に至っている。しかし、川柳が消費行動であるという冷徹な眼の増加と、映像文化による伝達方法の変化、自分と仲間の書いたものがダイニングルームにあればステキといった軽いライフスタイル嗜好には、いわゆる川柳界の存在を簡単に超えるものがある。昨年の定金冬二、寺尾俊平の死と、「川柳新京都社」解散は川柳界の形骸化を早めたと思われる。単純に言えば、大きな結社の維持が消費行動を多く含むことで作家のこころざしを横に置き、あるいは無視し、中小結社はそれぞれの地方の人数を保持することに汲々として、作品の質について言えば傷つくという神経をかかえこまざるをえない。よくもわるくも、この地方大会の時代は当分つづくだろう。ギルドはすべて無くなった。

個人の句集、あるいは集団の合同句集がいま続々と発刊されている。これはただ印刷器機などの簡易化だけが要因ではない。その上に立った消費行動のひとつではあるが、消費活動としてその中に自己を自己として確認できるなにか、なのである。

新しく買った衣服を身につけた鏡の中に、自分の存在を見るように——。

川柳は句集の時代に入ったのかもしれない。

（二〇〇〇年四月）

感傷について

現在のすぐれた川柳は、川柳の歴史の中でようやく作家個人の世界観を書きはじめたことを示している。これはそれまでの川柳が個人と世界とのかかわりあいを多く書いていたことからの脱皮と言えよう。この辺の検証は川柳性が奈辺にあるかを含めてなされなければならない。ただし個人の世界観はすでに鶴彬の書いた川柳にある、といったイデオロギーの表現を言うのではない。とりあえず言っておかねばならないことは、型式のもつ小さな空間があまりにも個人主義的な自己中心性によく合っていたことと、それを書く個人の認識に他者の存在が薄かったことであり、いま、ようやく他者についての思考と他者性と言うべきものが書かれはじめたということである。

感傷を趣味的装飾へ横すべりさせる個人主義が現在の川柳の一部にある。境涯詠をはじめとして傷をなめあおうとする気持ちを自己満足だと一方的に全否定することはできないし、現実の生活の中では傷を切なく抱きしめるしかないことも多い。しかし、それを趣味的に飾って提出するのは、個人主義の傲慢だろう。

現代の川柳がある程度、世の人々に認められ、他の文芸の具眼の士の眼にとまる質を得たのは、多くの先達の真摯な思考と懸命な句業があったからであり、その中で封建制度の臭気やダンナ芸などの前近代的な諸々を現代性を持って越えたからである。その先達は、むろん感傷を徹底排除したのではない。前近代的価値観の無神経な容認や個人的傲慢を認めなかったのである。現代川柳のほとんどが作者の精神生活の表現で成っている中で、安直に感傷の表現を否定してはならないが、どのように感傷を突き抜けるかは大切な問題だろう。

いま、どのように感傷が書かれているか。最近、格好の佳作一句を読んだ。

卸し金ぽつんと冬になりました　倉本朝世

彼岸花ぽつんぽつんと冬二逝く　樋口由紀子

二月に発行された『追悼　定金冬二』（編集人・久保田寿海、発行人・前田芙巳代）に献吟七十九句が並び、読んでいて右の二句に瞼を熱くした。

「ぽつんと」「ぽつんぽつんと」には、作者と故人のかつての精神のかよいあいが音たててよみがえっている。句の措辞を成功させているのは作者の感傷と理知との見事な混交であり、理知とは作者の世界観である。

同じ献詠に次の一句がある。

一句出来る毎に冬二の貌が来る　堀豊次

句意は一読して明快、一句書くたびに冬二を想い浮かべるという一句だが、「貌」と表現されていることなど、実はこの一句、なかなかの含蓄が含まれている。これは、世界観ではなくてむしろ川柳観が含まれているので、いささかの解説をしておきたい。

およそ二十年ほど前に「川柳平安」誌が二百五十冊を積み上げて結社の解散により終刊した。その第三雑詠欄「新撰苑」の選者が堀豊次であった。最大二頁、一頁のことが多かった厳選の「新撰苑」には、きらめく好作家の投句がひしめき、その中で投句者と選者の傍目にも激しく美しい戦いであり交流を見せたのが、寺尾俊平、坪井枯川、泉本玲子、岩村憲治、そして定金冬二であった。「川柳平安」のあった当時は、大中小さまざまの結社からなる川柳界と、革新と呼ばれる現代川柳の意識的な推進活動があり、そのあいだをつなぐ太いパイプが「新撰苑」であった。パイプ役をつとめると断言した堀豊次は中傷誹謗、誤解、陰口に見事に耐えつづけて終刊まで果敢にその役を果したのである。定金冬二の数々の佳作は「新撰苑」で活字になったものを多く含むが、そこで見られた冬二の川柳の特徴は、精神のリアリティを現在進行形の生きた伝統の中で書くことであった。

江戸時代の前句付は、出題七七音から書き手がどのように五七五を得るかというルールがあって、特に出題七七が抽象となってから、書き手の想の飛躍は大きな自由をもった。この「飛躍」は川柳の伝統をかたちづくる一端としてその血脈に流れ、現代川柳の秀でた作品において、作者が自己の内実を言葉として自己の深部から得る喩にもっともよく生きている。定金冬二の書いた川柳にはこの「飛躍」が色濃くあり、当然それは句会の課題吟に生かされたのである。選者として定金冬二と対するだけでなく、句会や大会で作家豊次として冬二と同席することが多くあった堀豊次の眼に、想を、飛躍を得ようとしている冬二の容貌が親しいものとして映っていたにちがいない。堀豊次もまた伝統の系流を体得した作家であり、一句を書くごとに、冬二も同じように書いたという思いとともに、現実に同じように呻吟していた冬二の貌が「来る」のである。同じ時代を庶民として生き、両者ともに貧窮生活を川柳に書き、通い合ったのは、感傷を越えた、無言裡の理解であっただろう。

追悼吟、献句などは端的に作者の世界観を表すことがある。なぜなら、感傷であればその感傷が、虚飾なら虚飾が、読者にモロに見えるからなのだ。すなわちそれが作者の個性と世界観の反映だからである。作品はいつでも作者の意図を越えて作品の楽屋をも表している。

（二〇〇〇年五月）

句会の変貌

　句会のあり方については川柳誌がよくとりあげる。体験的な思考や意見の開陳が読む側に共感を持たせるリアリティをもって書かれているが、句会を変えてゆく能動的な具体性を具えているものはほとんど無い。それぞれ反省や不満や疑問は提出されるが、そこにとどまっている。

　句会は座が設けられ、題が出され選者が並び、投句、選、発表という見事に洗練されたかたちを持っており、削ぎ落とすところのない完成度を持っている。いわば演劇的統括性がその時間と空間を貫いていて、参加者はパフォーマンスに自分を置くことができるのである。大会がこのかたちを基本的に踏襲して行われるのは、パフォーマンスの魅力を主催者と参加者がよく知っているからとも言えよう。短詩型文芸が座の文芸であることを伝統的に曳いて今日に至った。その中に、参加、の要素がとても大きく存在したのは事実。その魅力に片足を突っ込んだところからの句会批判はどうしても迫力を欠く。句会を信頼しているからこその批判とも言えるが、批判点は大別して次の三点と思われる。
一　選者への不信感
二　遊戯的・スポーツ的要素
三　会、大会に見える組織維持優先主義の作品軽視
などだが、句会というものが持っている、社交性を全否定せぬかぎり空回りする。句会そのものが

良くなってほしい、といったレベルからの批判で、座とか句会とかにともなう社交性を棚に上げたところから佳句を求める甘い正論でしかない。

したがってこれらの批判から言えば、句会の理想は、いい作家ばかりが集って、いい選者ばかりを揃えて、いい作品が発表されれば良いということであり、その大型が良い大会ということになる。それが現実にならないから批判があるのだといったレベルの言挙げは、実は無いものねだりのダダッコの態度で、あつかましさを前面に出しただけの空論にすぎない。良質の作品を他者に求めるという正論は、実際にはそれをぶち上げたここちよさだけが若干残るだけの空論であることを、自己反省とともに明言しておきたい。

短詩型文芸において一人の作家の作と論にレベルのズレが見えて読者の失笑を招くことは往々にしてあり、そのほとんどは論を書くにあたってその筆者が常識的な正論に居座るときのおきて、句会や大会を批判する正論は、読者を頷かせるが、その正論に幸あれ、といった微笑に終わる。

川柳の句会は一般的に開放的で参加は自由である。これは主催者側のある程度の人数についての目算と、句会のかたちを相互に認めあったうえでの句会の設定である。句会のかたちが社交性を含んでいるかぎり、批判は参加しないということでしかできないのだ。

では、現実的に句会についての思考はどのように具体性にまでつながっているか。

一つは、課題詠に対する無題、「雑詠」の導入である。三十年ほど前、柳都川柳社の毎年の大会で「雑詠」が著名な選者で行われていて、話題と刺激が提供されていた。いまではいろいろな大会や句会に「雑詠」選が見られるが、実は「雑詠」導入は句会についての一つの革新であった。

「雑詠」の句会や大会への導入の嚆矢が、いつどこであったかを知らないが、句会での課題は、参加者のレベルがどうあれ、ある程度の共通した詩的醸成感をシークエンスとしてその会場に生み出す。課題が座の文芸としての伝統の中にあることは、句会での選の発表段階の空間に、その詩的醸成感が漂って、パフォーマンスとして共通した雰囲気ができることであきらかだろう。事実、「雑詠」選の発表される時空が、課題のあるときと違うと感じる人は多いにちがいない。少なくとも、ゆるみ、がある。「雑詠」川柳は、まだ六大家と呼ばれる人達の存命中に柳都川柳社で実施されていたと記憶する。数年間実施されていた中では大家の「雑詠」選があったあのではないか。大会の空気が、ゆるむ、のを承知で柳都川柳社が「雑詠」選を実施した奥には、課題というものの存在についての不自由さと、課題あっての自由、を思考の命題に据える真摯な情熱が在ったにちがいない。あたり前のことだが、大会には真摯な思考が伴うと話題を呼び、大会後に良い評判を醸し出す。「雑詠」選の可否については歴史にまかせるよりないが、伝統的で洗練された句会の、かたち、への真摯な挑戦として評価はできるはずである。

二つめは、最初からメンバーを少人数に限定して、ある程度の文芸についての思考レベルが揃うことを意識した小句会である。ジャンルやエコールを越えて句会が成り、佳句の生まれる可能性があって、互選をしても安定感が保たれる。ただし、悪しきサロンの閉鎖性に傾くとダンナ芸の二の舞となる。一般の川柳誌や句会に信頼できる選者を求め難い現状から、小集団による句会は前進性を持っていると評価されるものであり、そこで得られた作品は出来るだけ公開されるべきだろう。川柳は前句付という、外に向かって大きく開かれた興行であった。その不特定多数性は川柳という文芸に大きく影響しているはずであり、川柳と普遍性を安直にむすびつけることは偏った視線だが、閉鎖性を許してはならない。

三つめは互選である。従来の句会にあった選者への不信感が互選といういわば人気投票的な多数決によって解消するものでもないし、句会が改良とか改革されることにはならない。むしろ川柳にかかわる人数が増大した現在、互選方式の句会が参加の手ごたえを個々人に感じさせつつ、粗雑で説得力のない選が作品の質を劣化させることもあり得る。選者の権威について考えることに実質的に耐えうる人材が見当たらないところで、平等原理が横行するのはとどめられないが、機器の発達が句会のかたちを無批判のまま変えてゆくのは事実である。すでに、機器を利用して互選を実施しつつ、相互批判を展開しはじめている集まりもあり、ときに採点、あるいはマイナス点、問題作の抽出と検討に句会の句会のかたちを変化させている具体例もある。互選の句会は増えてゆくことだろう。その中で、守旧的叙法がひとつの流派として統一感を持っている場合、互選はほとんど意味も意義も持たないことを露出させてしまう。それを価値の多様化とか、句会は社交優先だなどとノンキにごまかすか、首をひねるか見ものである。太平楽に何も考えずに互選の句会を楽しむのであれば、川柳という名称の内部崩壊は守旧的叙法からはじまる。

（二〇〇〇年六月）

アンソロジーの時代

　この十数年、川柳は急速に外に向かってひろがっている。現在の川柳が、どのように、なぜ、認められているか、その実際は知りがたいが句誌や句集が興味をもって読まれていることはたしかなことである。交流、とおこがましくも言わせてもらえるならば、その場で課題のように出てくる知的な要望が二点ある。

　ひとつは川柳が川柳であるところの川柳性についてであり、俳句とどこで分けるのかという真摯な疑問である。川柳が外に向かってひろがるなかで、その幅が無定見に膨らみ、結社の中心にある指導者層がそれを助長していることと併せて、川柳側で自らを見直す知性がいま必要である。これは当然、俳句も川柳も自らの特性、性質を自問すべきことでもあり、三十数年前に河野春三が、自分が川柳を書いている者として、作者の立場からの孤独な思考を重ねた果ての「短詩無性」、究極的には同じではないか、としつつ、しかしその両者の特質、特性に尊重されねばならないと言ったことを思い出させる。川柳の方ではそれ以来実質的な思考は無かったといえよう。時をさかのぼっても説得力をそなえた思考は前田雀郎『俳諧と川柳』『川柳探求』の二書というところである。そして実は、川柳が資料を意識的に後世に残すことの、ほとんど無かったというところに、川柳らしさに一端があったとも言えるのだろう。川柳の革新に倚った、戦後の作家を見ても、そこに感じられるものは貧窮の中での素朴で懸命な熱気で、資料を望むことは後代の勝手な欲求かもしれないのだ。

いまひとつは、俳句や短歌の人々に現代の川柳のアンソロジーを望まれることである。この要望はマスコミに見られる川柳とか守旧的な川柳を見ての失望の上に立ってのものであり、一部の川柳誌や句集や、パソコン画面で眼にしたことがある、そのアンソロジーをという欲求のおもむきが濃い。具眼の士が、読もうとするアンソロジーがのぞまれる。

客観的に言えば、川柳はアンソロジーの時代に入ったと言えるだろう。

（二〇〇〇年七月）

川柳的「飛躍」について

『雪灯』（発行人・野沢省悟）の句会がおもしろい。

口笛も民謡も得意そう　聞かせて　　久美子
あんたが喋ればぬくい吹雪になるだろう

句会の題に「もの」を置いて、そこから参加者が言葉を得てゆく。右の二句は「一個の生きている海鞘《ほや》」を置いてのもので、詩的気分ゆたかな吉田久美子が青森へ行って参加したときのもの。すっと句会になじんでいるのがつたわる作品。句会の傾向は、個々の作家が題から自分の感性をひき出すもので「吊された色鮮やかな四、五本の唐辛子」からは、

つややかに血は臨界を待っている　　省悟
胴のくびれ押せば煙をぽっと吐く　　ちえみ

往生のはなしコロナを直列に　大雪
先生の背中に刺したとうがらし　しゅんいち
勘違いのまま真っ赤にに炎えている夕日　めぐみ

などがあり、ときに吟行では

何故今頃次郎が桜語るのか　岸柳
花陰で夢よりかたい毬をつく　みずの
垂直に堕ちるヨーヨー大人にならない　ちあき
約束の桜いっぽん捜しあぐねて　州花

などがある。海鞘、唐辛子、鳥に啄まれた林檎、バラ、石などから句会のいわば詩的ボルテージが上昇してゆき、互選にそれが反映しているのも、ある程度の傾向が参加者に共通して認識されていることを思わせる。

前句付の七七のところに「もの」が置かれた作句、として見ることのできる作品で、川柳性の濃厚なおもしろみがどの作品にもある。絵を見て、あるいはジャズを聴いてなどの『アトリエの会』（発行人・森田栄一）の句会や、写真。記号などを見てなども体験したひとは多いと思われるが、いずれも題材が前句付の七七のところに置かれたと理解できる。創作より句会吟おもしろい、という実感を川柳誌から得ることがあるのは、句会の課題が川柳性のおもしろみをひき出すことに機能しているのであろう。『雪灯』の句会が出句数・参加者ともに会の傾向に合ったものであるのも佳句の成る良いコンセプトと思われる。

『点鐘』(発行者・墨作二郎)の「散歩会」はユニークな吟行を実施している(北野天満宮、びわこ競艇、壬生狂言など)。

薄日さす中の目の穴鼻の穴　裕見子
炮烙の落ちる途中の青い風　嬉久子
鬼になるまでの苦しみ鉦を聴く　恵美子
壬生狂言ものり弁当も狐雨　作二郎

『雪灯』の句会の少ない句への集中と逆に「散歩会」は吟行のおもむきが濃いこともあって出句無制限、書きつづけることによって詩的ボルテージが上ってゆく。互選後に第二ラウンド、第三ラウンドとして課題詠に挑むことがあり、詩的上昇度の上っているところでの佳句を見ることが多い。常時二十人弱の人数もよく会に合っていて、句会の質と参加人数の関係をうかがわせる。何々大会のとにかく頭かずを集めろと露骨に働きかけて、内容がとぼしくなるのとは、対照的。

川柳が川柳であるところの川柳性の一つの要素に、前句付の七七から書き手がどのような「飛躍」を見せるか、がある。

古川柳が徹底的に意味の伝達についての叙法であったことと同様に、現代川柳が意味に重きを置いて個の思いを直線的に書いたことは、「飛躍」を弱めたと見ていいだろう。川柳の革新を唱えた人々の強力な意味性の押し出しは多くの佳句を残し、特に戦後の革新運動は社会性意識の上昇もあって、散文的意味の句が多く書かれていることもあり、「飛躍」は実に小さい。革新を唱えた人々の中には一時期、句会を軽視する風潮もあり、意味性に固執する姿勢から見れば「飛躍」は芸に見えたのかもしれない。他愛のないうがちをよしとする句会が多かったのも事実で、革新に「飛躍」を求めるのは、お門違いであっただろう。

意味性を押し出し、批判精神を言葉としてゆく川柳が多かった時代背景を述べるまでもないが、そこに女性の川柳が、歴史的制度のさまざまな抑圧との日常的拮抗を提出したのである。川柳の革新を唱える人々の眼に、それは賞讃すべきものと映った。

一個の人間がいかなる思いを提出するか、が現代川柳の価値観として認識されたことは言うまでもない。少なくともそれは、ダンナ芸から離れた存在であった。

実に皮肉なことに、「飛躍」は自己の思いを強く押し出そうとする作家の欲求によって揚棄されたのである。これをもっとも象徴的に説明しているのは、「川柳は自己を書きはじめたとき詩を獲得した」という河野春三の歴史観であった。春三は若い日、岸本水府から嘱望された経歴をもち、戦後、川柳の革新に身をけずった人であり、一時期、現代川柳を現代詩の一分野に位置づけしようとしたこともある。自己表出と詩の関係をよく見つめていたのである。

前句付にあった「飛躍」は自己表出の強い欲求と、その受け皿としての型式とのかかわりあいの中で、喩の獲得に上昇したのである。

喩の獲得は作者の思惟と感性によって成り、感性のはたらきのみを遡れば、たとえば「やはやはとおもみのかかる芥川」（『柳多留』初篇）あたりに見てもいいだろう。

　感性を生かした感覚的表現は、それぞれの時代のモダン、ハイカラ、ファッションなどと同様にいまも現在的なものとして川柳にありつづけ、現代川柳の大きな魅力となっている。

　自己の内側から、思いや意味性と離れて感覚的に未知の領域をひき出す魅力は、創作として一句を書くより、きっかけとして何かの題が刺激として在ると触発されやすい。

　あやふやにばらがくずれる裁判所　省悟
くちびる並んで黒板消し見ている　しゅんいち
ゴーギャンの絵から訪問客が来る　玲子
海鳴りを閉じこめているピアスの穴　文音
石は火を吐こうと決めて口を開く　大雪

『雪灯』の句会は、感覚を表現する魅力によく応じた、「もの」をもって成っている。近年の句会報は参会者それぞれの感性のひきだしについての習熟を見せており、互選を連続的に追えば、あきらかに感覚的表現のよき定着に点が集中している。個をとりまく外部状況や、意味や思想からどれだけ事故をひきはがすことができるか、ということで見るかぎり、とてもまとまった集団と言える。感性というところになみ、重きを置いた集団的作句は、川柳の歴史にこれまであっただろうかと思うと、『雪灯』は実に実験的であり、特に俗物的価値観から見事に遊離していることに今日的意義のあることを強調しておきたい。

（二〇〇〇年八月）

＊「オール川柳」一九九八年六月号〜二〇〇〇年八月号に連載

松本芳味ノート

(1)

最初に、不遜な空想について書いておきたい。

新興俳句運動の最後の雑誌「薔薇」は昭和二十七年創刊、三十二年に終刊し、その終刊にともなって富澤赤黄男の沈黙、ここに新興俳句運動はおわったとされている。

「川柳ジャーナル」の創刊号(昭和四十一年)に松本芳味は富澤赤黄男について文章を書き「短詩型の一つの頂点を示した作家である」と評価している。あくまでも自己の内部の表白を俳句姿勢としてつらぬき、「純粋孤独」を考えつづけた富澤赤黄男と、内部表白に思想の存在を主張し思想の詩性化を考えつづけた松本芳味とは、自己表出という面で等質のきびしさをもちつつ思想ではかなりのへだたりをもっている。

ぼくは松本芳味が一句を書き上げた時の姿を想像する。書き上げた一句の自己表出の度合という観点から、富澤赤黄男を思いうかべて自分の作品に大きくうなずいたり、再度、内部的な推敲をかさねたり、というような光景を想像することは、その両者にとって不遜なことだがぼくにとっては楽しいことである。自己表出性を赤黄男以上のものでありたいとするテーゼを、松本芳味が抱いていたと空想することは、それほど奇妙なことではあるまい。ぼくには句集『難破船』(一九七三年刊)の多行書き作品の自己表出の水準がその空想を可能なものとしてくれる。現代川柳に自己表出の水準で松本芳味とならぶ作家は宮田あきら・渡部可奈子・福島真澄などがあるが、芳味の作品は赤黄男の句集『蛇の笛』の自己表出性を思わせるほどのものである。新興俳句最後の雑誌「薔薇」が終刊した一九五七年、松本芳味は「天馬」の創刊に加わって多行作品の発表をはじめている。

(2)

句集『難破船』の一句一句の自己表出性をたどると「流木」のところからそのウエイトが増している。それがいつ書かれたものか資料不足でぼくにはわからないが、とにかく「流木」の前後から急激に変化を見せ、やがて多行書きに移行するのである。いったい、作家として何が起きたのか想像してみよう。

たとえば、読者としての松本芳味が、古川柳をはじめとしていろいろ読んだ作品群と、作家として自分の書いた作品群をオーバーラップさせてながめなおしたことがあった、という想像はどうか。これらの川柳をすべて「これまでの川柳」という言葉でひとまとめにしてみる。そして「これまでの川柳」の中で、松本芳味作品を見る時、

●発想と表現に伝統川柳へのよりかかり、もしくは信頼過剰がみられる。

●センチメンタリズムの比重が大きい。

というようなことが言える。喜怒哀楽にともなうセンチメンタリズムがテクニックとむすびついて精神的なリアリティを浅いところにとどまらせているのはあきらかである。これは戦後社会に母と子が生きた、つらくて多感な青春時代の記録であり、読む人に共感をおぼえさせるし胸を搏つが、やはり表面的な青春の記録にとどまるものである。なぜならそれはフィクションと思われる作品を含めて、百パーセント感情の起伏のリアリティであり、感情を構成するさまざまな心的要素や外的因子に意識を置いたものではないし人間性を探求するものでもなく、人間の内部の深さへ眼を向けたものでもない。同時にそれは感情やセンチメンタリズムにともなうはずの思想性を意識したものではない。いわば作品が作者の精神構造のいちばんうわっつらの部分、精神の表皮の部分にとどまっている。

「これまでの川柳」がこのような視点から反省的にながめられた時の松本芳味の気持を、ぼくたちはぼくたちのこれまでの経験にそくして想像してみることは有意義だろう。

「短詩は本質的に抒情詩である。けれどもリリシズムの美しさというものに、多分に溺れて来た気がする。ぼくのことで言えば、口の悪い『鴉』の仲間から〝母べその芳味〟とよく言われたものだが、そうした甘ったれた抒情に、作者自身がイヤになったのである。単に、リリシズムの美しさを打ち出すことだけでない、非情な表現をしたいと思う」(「天馬」)と後年書いている。ここで芳味がリリシズムの美しさというのは「これまでの川柳」の中での自分の位置を意味しているし、非情な表現をしたい、というのは、もっとかわいた眼による自己の内的深化と思想の詩性化であると解釈してよい。そう解釈してはじめて「本質的に抒情詩である」という言葉が意味をもつし、それがその後の松本芳味の姿勢である（只、ここで「短詩は――」と書いているのは少し不用意で、このころは芳味の内部で川柳性をさぐる意識とジャンルやエコール意識が混然としていて、体系的には確立していない。ごく軽い気持で使われた言葉である）。

しかし、この時期以後、ほぼ一貫して書きつづけられた作品で、ぼくたちが知っている「松本芳味の作家的姿勢」をいかにして松本芳味が自分の姿勢となし得たかは、ほとんど知る由がない。句集の「流木」以後に、多行書きにふみきるまでの作品が内在性を濃くしてゆきつつあることは疑いないが、その裏側の芳味の作家的道程はもはやだれも知ることはできない。本来、作品がその作家の作家的道程を語るものであるはずだが、松本芳味の場合、突然、芳味自身の言う「創作に行詰まり、多行形式に踏切ると共に、意識的に従来の感傷をふりきり、社会と個の結合を志向し」ということで、読者の側には、なるほどと簡単にうなずけない気持が残るのである。「川柳ジャーナル」誌上における、句集『難破船』批評のほとんどの人が、その浅い深いは別にしてここのところを疑問符のままにしているのは、評者が無意識的にせよそこに松本芳味の方法論と文学的エッセンスの所在を感じたからであろう。

この作家的道程を解くのは不可能なことであるが、ほぼ決定的な推察として、ふたつのことが想像しえる。抽象的になるが、ひとつは、「これまでの川柳」に、ひとりひとりの作家の自己内部の不在性を見たのであり、極論すれば無意識にせよ疎外感につながるような感覚をもったことである。

いまひとつは、他の芸術ジャンルへの接近である。後年芳味は「川柳ノート」のアンケート「あなたに強い印象を与えた作家は？（芸術一般）」に石川啄木・北原白秋・萩原朔太郎・チャップリン、とこたえているが、この答はあまりに過去形すぎて、実際はもっと現代的なものからもさまざまな印象を受けていたはずだ。松本芳味が多行書きの作品を発表しはじめたのは一九五七年「天馬」の創刊号であり、それにさきだつ数年間の、さまざまな芸術運動やその成果は、たとえ日本だけに限定しても相当多く眼にしていたはずだ。たとえば「天馬」創刊まもなく「散文的解釈の呪縛から、一日も早く脱出する必要がある」と書いているのは、作家としての体験的なものだけでなく当然他の詩のジャンルの影響が手伝っていたことをものがたっている。戦後の現代詩をはじめ、近代文学派の小説や評論活動など、背景にそなえるべき論理性を見事にそなえている活動に、自分のかかわっている川柳活動をならべて見た時、そこにただひとつ、人間性探究を論的基盤としてリアリズムを指針としていた河野春三があっただけであろう。松本芳味はその作家的道程で「論理性」に接近し、「これまでの川柳」を論理的に見た結果、多行書きへ移行しようと決心したのであり、「創作に行詰まり」という言葉の裏側には、「これまでの川柳」を論理的にほぼ完全に、認識した、という自覚と自信があるとぼくたちは思ってよい。

集約すれば、それまで自分が書いていた作品のもっと奥に自分の精神構造があり、もっと感動の深い詩があり、思想があることを、はっきり認識したのである。

(3)

このような認識は作家松本芳味に、ということは当然作品にということだが、さまざまな変化をあたえる。

その最も大きなものは、自己の内部への下降である。

ここにぼくたちは、自己の内部に向う扉をあけてくらやみの階段をひとり降りてゆこうとする松本芳味の姿を見ることができる。自己の表面的な感情の起伏から、その内側に向って最初の階段を降りはじめた時、作家が、感覚的にせよ思い至るのは、自己の内部と言語との距離であり、言語もまた自己の内側にまで醒めた意識をもってひきずり込まねばならぬということであろう。ということは表現過程で言語が平面性から立方体になることを意味する。他の芸術ジャンルでの言語の自己表出性もしくは内在性ということにおけるすさまじい試行錯誤はこの頃の芳味のよく知るところであったはずだ。

これまでの松本芳味の作品にあった感情の起伏と情緒性は、この段階でより大きなサイクルの中で見つめられることになった。ちょうどぼくたちはコンパスで円を描く操作を思いうかべればよい。円が大きくなればなるほど、自己の内側深く作家の眼がとどくことを想像する時、それが自己をとりまく社会状況の内深くへも円を描くコンパスであり、そのコンパスを松本芳味が自己のものとしたことがわかるし、それは作家としてのぼく達の体験においてもうなずけることである。ただし人間ひとりひとりのこのコンパスはさまざまな振幅をもっているのであって、ひとつとして同じものではないのは当然、まともな円の定義が不可能なのも当然で、松本芳味もまた社会性の方に向ってより鋭い眼をしめしていたのである。

とにかく言語は松本芳味にとって、自己の内部表出という目的において立方体であることを必要とし、社会状況というサイクルの拡大においても立方体でなければならなかった。そしてそれは自己独自のものでなければならなかった。眼の前のコップがその存在ゆえにコップとよばれているのと、自己の内部から出る言語としてのコップは、確実に異なる言語でなければならないのである。

作品のうしろに論理がウエイトを占め、表現は具象性から抽象性に向い（象徴をも含む）、作品一句のエネルギーは、読者にとって情緒的なカタルシスから、同時代の存在者としての自覚を思い至らせる方向に移行する。

この頃から松本芳味の生活に論理的思考性をもった現象が多くなり出したことは想像できるし、表現活動も評論を書くことが増しているはずだ。

論理が詩心をやせさせることはありえない。論理や科学が詩心をやせさせると思っている人は川柳界に多く、川柳の前近代性をしめしているが、現代詩は戦争を反省する視点からこれをきりぬけた。松本芳味の詩心も論理的深化とともに深化した（詩の問題はこの文のおわりに少し書くのでここではぶく）。

以上で松本芳味が多行書きにふみきる過程をぼくなりに見た。はたしてそれが（多行書きが）成功であったかどうかは読者にゆだねられている。ただ、ここで芳味を弁護するつもりはないが、多行書き一辺倒になってからの方がより、多行書きについての思考が重ねられていたはずであり、時間的には、多行書きにふみきった時、その論理がととのっていたわけではない。「これまでの川柳」を論理的に分析していたとしてもなお、感覚的判断が多行書きへの移行の動機に加わっていたのである。「空間的造型を志向する手さぐりは、まず多行形式に求められる。異質な言葉、異質な素材の反響から、全く新しい川柳が生まれるであろうと想像する」「それには一行では非常に困難だ。そこで行を切る、ということは、そこに一つの空間、一つの断絶を作ることである。その点では切字に示した古人の智恵に、瞠目する」（「天馬」）などと書いているのを見ても、多行書きにふみきってからの論的思考がかなりのものであったことを思わせる。

(4)

一九七三年発行の句集『難破船』に二十年来港湾労組の役職をつづけているとある。ぼくが「専従ですか」と聞いて、それを否定する言葉にかなりの強さがあり、今もその言葉の強さが松本芳味を象徴しているように感じている。専従職員としての労組の役職者ではなく、あくまでも港湾労働者の一人としての労組役員である。

一九五二、三年頃松本芳味は港湾労働に就いた（もしくは就いていた）。当時芳味母子がどのような日常生活をすごしていたかは知る由もないが、日本の資本主義経済は朝鮮戦争をバネとしたあと上向きの方向をたどりつつあった。転々としていた職業が一応ひとつのものとなり低賃金ではあったろうが、一定の収入が見込める生活に向いはじめたと推察できる。一行書きから多行書きへの移行を考えていた頃とかさなる。社会状況へめぐらせる視線に労働運動が影響をもたらせたのは当然であろう。哀しみから怒りへ、作家としての視座が移るのにそれほど多くの時を必要としなかったのではないか、松本芳味の「社会性」はこのころを本格的なスタートとしていると思ってよいだろう。

労働運動がその闘士の心情をどのようにかたちづくるかは、千差万別、個々によって異なるが、ひとつの労組の運動推進者として、また港湾という中小零細企業の集まる中でのオルガナイザーとして、専従でなく一現場労働者である労組役員にとって、無意識にせよ四六時中つきまとうのは、労働者の労働運動についての意識の深浅度である。

敵よりも
いち日長く
火のノック

という作品があるが、たとえば、労働争議の場合、一秒でも長くねばり、しんぼうした方が非常に有利な結末を獲得することでもわかるとおり、労働者ひとりひとりの意識の度合が、その運動の歩みの成否も速度もきめてしまう。執行部役員にとって、スト権獲立についての職場ディスカッションや投票は、まさしくその象徴といってもよい。だから会う人、話す人ひとりひとり、集まる集団、話しあう会合も、同一主題で話をするにしても、ひとつひとつ会話の術は変えねばならないし、相手を理解するとか認識するとかの大前提として、この相手の労働運動に対する意識はどのようなものかと、さぐる神経が必要になってくる。このような意識と神経は、労働運動の闘士の心理面で日常化される。階級意識でも階層意識でも、ましてや差別意識でもないが、時と場合によって、書きもし話もする表現が差違を生じる。一を言って十を知ってくれる仲間と一を知らせるに十を言ってまだ足りぬ仲間と、共に働きつつ、めまぐるしい対応をせねばならない。そしてこのような意識を日常化しほとんど肉体化してはじめて、運動はかなしいほど遅く、遅々とした一進一退をくりかえす。そしてなお運動の全推移と組織を掌握し、きりくずしと右傾化とたたかいながら、あるときは交渉団のひとりとして、あるときはオルガナイザーとして、一労働者として、孤独な位置を保ちえるのであり、連帯感と疎外感のあやうい均衡に立っているのである。これは労働運動家の悲劇である。労働運動にまつわる精神的な悲劇性はとどまらないが、松本芳味もまたその悲劇性を知らぬまに身につけたであろう。あびるほど酒を飲んでも体内に沈ませてしまった悲劇性が変わるものではなかったはずだ。

川柳に関するかぎり、松本芳味を避けたがる人があったとすれば、それはなんらかの意味でこの労働運動の意識とかかわりあったところに原因を見ることができるだろう。論理にさきだって結論がでてくる。評論における言葉のつかい方。推進者としての自負。剛直さの堅持。そしてなによりも、会社側というか資本側というか権力側というか、とにかくそちら側のものの考え方とそれにつながる思想には、ほとんど生理的な臭覚と反応をひらめかせていたし、そういう相手へは論理をこえた対処がとびだしていたようである。それを裏がえして見れば、松本芳味にとって河野春三は、いつでも剛直なる河野春三でなければならないというロマンチシズムをともなった存在であったことがわかる。だから河野春三が「黒縄抄」や「空蟬」の作品方向を展開したとき「鷹」誌上でそれを混乱と苦悩だとしか理解できなかったし、その作品を「妖気を漂よわせ、かってなかったくらい凄絶である」と評価しつつ、「河野春三は恋をしたのだ（その事実があるかないか、そんなことは関係ない）。ぼくは断固として、この仮説を信じる」としか書けなかった。現代川柳の文学運動に関するかぎり松本芳味にとって、『歎異抄』に近づく春三よりは、リアリズムを目指す春三であってほしかったのだろう。やがてさまざまな方向を含めた「川柳ジャーナル」に活動の場をおくことになるのだが運動家としての姿勢についてはここでは省略する。ただひとつジャーナルにおける芳味がだれからも指摘されなかった点をここに書いておきたい。それは選者として、作家の感性の解放に大きな許容量を示していたことである。これは「天馬」時点での墨作二郎作品に対する態度などからつづいているものであろうが、太田信子の作品についてなど他の選者や河野春三とくらべてもかなりその感性をひき出すのに留意していたことでもあきらかだろう。けっして川柳性についての愚行の甘さではなく現代川柳の運動論の上に立ってのことなのだが、誤解をうけていたかもしれない。

(5)

「鷹」三十二号で小西逸歩がおもしろい文章を書いていた。これはその十三号、十六号などで松本芳味・小泉十支尾が自己の作句姿勢を確認しあったような文章の不備を無意識的におぎなっているものである。

「作品は、花が直接土にめりこんでいるわけでなく、幹から根が土台となり、花を咲かせている。作者の個的な環域や、個性の陰影に、現実的なすべてが根本的な問題となる」「文芸作品は、事実として存在する具体物であるかぎり、作家が主題を形式化させた要因である理念と、題材が、いかなるものであるかを知ることができる」と書いている。これは詩についてもほぼ同様のことであり、小泉十支尾が「詩は、昏迷の彼方にしか存在しないのだ」として「詩人は一様に〈狂気〉に包まれる」と書いたり、松本芳味が「詩は、詩それ自体でしか表現出来ない、説明出来ない不思議なものである」と書いているのと、こと詩に関しては真正面から対立している。十支尾・芳味が作者側、逸歩が評者側という立場の違いは実はここで問題にならないのだ。

ぼくは、詩が昏迷の彼方の狂気や説明できない不思議なものとしてとらえられていることに、腹だたしさをおぼえる。いわゆる川柳界の柳社の指導者的立場の人が新人に向って、「詩は、なんともわからないむこうにあるふしぎなもので狂った気持のようなものだ」などと説明しているのを、十支尾や芳味が看過するとはどうしても思えない。これは「詩とはわからぬものだ」とする態度が、「人間とはわからぬものだ」という態度につながってそこに残されるのは感傷と情緒を装飾する言語作用だけであることを物語る。

ドストエフスキー『地下生活者の手記』は人間とはわからぬものだというところから、人間の内部に向って扉をひらいた。これと同様に作品もまた、作品とは何かという問いの向けられるものであり、詩もまた、詩とは何かという問いの向けられるものなのであることは自明の理である。小西逸歩の書くように、花の幹も根もぼくたちは見ることのできる存在であり、詩もまた論理のメスに、すこしずつ切りひらかれつつある。柳田国男や吉本隆明の「詩とは何か」についての真正面の切りこみ方を紹介する必要はあるまいし、渡部可奈子が抽象についての一文を書いたものや、武満徹のエッセイなど、あちらこちらで詩にメスが入りかけているのは事実なのである。

松本芳味や小泉十支尾の詩のとらえかたがまちがっているのではない。安易なのだ。なぜなら芳味も十支尾も自分の作品については最もよく知っている（知りえる）はずなのだ。

キノコ雲もくもく、と書く時、それは芳味の内部での厳然としたキノコ雲であり、もくもくとその内側でいつまでも消えることのないものである。単に現実の現象としてのそれではない、松本芳味という一個の人間の全存在の中に位置するキノコ雲であって、その意識が現実存在の松本芳味にペンをもたせるのであって、松本芳味が松本芳味に書かせたものである。

松本芳味は、川柳は抒情であると言っている。松本芳味はもとより多くの作家において、抒情とは自己と現実との認識においてはじめて出現する自己の真実性であり、吉本隆明の見識をかりて言うならば、「自己が自己に憑いた」時の心情であると言えよう。

川柳から抒情を切りすてようとする非詩化へのこころみがついにぼくたちを搏たないのは、詩における自己の内在性を見失わせるものであり、当然そこにはウエイトのない宣伝文句がならぶだけだからだ。また川柳が感情の起伏によって書かれるものとする感傷主義の作品は、ついに自己と現実の表層部しか書けずぼくたちを搏たない。両方ともに装飾だけが「作品を書く行為」となる。前者は政治的文飾に、後者はアルカイズムに、流れてゆくより道はない。この両者が自説の中でなお、作品を深化させようと決意する時、その方法は自己と現実の論理的探索よりあるまい。この時自分たちの作句態度に固執する原因が実に単純な好みに依ることがわかるはずである。これらの作品が時としてぼくたちの感受性を搏つことがあるが、それはこちらが論理的認識をほうり出していることを意味する。たまたまそこにカタルシスを感じたとしても、そのカタルシスが現実に向う時発揮させるエネルギーはすでに読者の生き方の内に解消される。したがって前者の作品が政治的宣伝文句であるとすれば後者は感情の宣伝文句である。人間が自己と現実の両方を程度の差こそあれ認識しつつ生きている存在であるかぎり、これらの作品は人間にとってマイナス値を持っているものである。極端に言えば彼らの川柳は、何もしない、何もできない。

眼をとがらせて「川柳の（詩の）社会的有効性を言うのはナンセンスだ、川柳は川柳であって（詩は詩であってまたは芸術は芸術であってでもよいが）社会的機能を持つものではない」と言う者がきっと多数居る。その人たちはその反論の言葉の中の詩とか川柳とか芸術とかの言葉を、人間とか自分とかに変えるなりするべきである。甘えてはいけない。およそ言語空間に人間が言語をもって作品をかたちづくる以上、作品は人間と直結したものなのである。そして断固として人間は感情のみをもった存在なのではないのである。

松本芳味はこの点、論理的視線をめったにくずすことのない作家であった。句集『難破船』は現代川柳のきわだった成果のひとつであるとぼくは思うし、俳句の富澤赤黄男の句集に匹敵するものであると思う。

松本芳味論は、まさしく、松本芳味が、どの程度自己内部の階段を降り得たか、どの程度現実認識を持っていたかという、文学的評価による問いかけによってはじめられるものであり、とてもぼくのなしえるものではない。論にあらず、ノートであるゆえんである。

付け加えておくが、川柳における新しさとは自己と現実との認識のうえに書かれるさらに深い詩であるとぼくは考える。松本芳味の一行作品にあまりふれなかったのはこのゆえであるが、現代川柳派の人たちの運動が河野春三・松本芳味を中心に、さらに新しい未知の領域に向って道をひらいたことは川柳史上特筆すべき事実であろう。

川柳の未来はさまざまな方向でうかがわれようとしているが、結局、作家の視線のコンパスのひろがりにしか未来はない。その未来で、ぼくたちのかかわっている型式が解消されてもいたしかたのないものである。

「どっちみち、窒息して終うのだから、何としても、打開の方法を講ぜねばならない」(「天馬」五号)多行書きについての松本芳味のこの言葉は、まことに印象的である。

(「縄」六号、一九七七年)

川柳味の変転

川柳の性質は前句付で出来上がった。俳諧でいわれる平句が川柳のポジションであり、前句付では、先に書かれた七七を受けて五七五を展開する受け身が、川柳味と書き方をつくった。『誹風柳多留』は、前句付の書き手がうがちと省略を溶け合わせる遊戯感覚の書き方をいまに伝えている。

1 川柳味の場「句会」

近代化を目指した明治の時代に、先達は前句付の受動性から、近代的な能動性を求めた。野球でいえばキャッチャーからピッチャーに変わっても川柳が書けると判断した。前句付で大量に書かれた狂句を「狂句百年の負債」と批判、新しい川柳は「初期の柳多留へ帰れ」として、狂句と破礼句をスケープゴートにした。川柳の近代化への埒がしめされたことになる。俳句で、写生という思想に基づいた実践と考察が行われていた同じ時期に、前句付から離れた五七五だけの句を川柳と称して、川柳味と川柳の書き方をどのようにするかが個々人にゆだねられた。前句付の受け身から離れて誰でもピッチャーマウンドに立てますよというだけで、近代化志向の世に川柳を生かそうとしたのであった。世俗的な共感性への信頼が強かったのだ。

それからの百年間、川柳をほとんど世俗の消費物にしながら、それでも、珠玉のような川柳が幾つか残されて、いま、ようやく、そのときそのときの先端にあった川柳が問われることとなった。

近代川柳を律していたものは、敵の首のようにかざされたスケープゴートと、句会などで盛んに行われる題詠の書き方であった。

今の眼で見れば、前句付の質を題詠に引いたときに、前句付での飛躍、うがち、省略などが弱くなったと見えるが、前句付の遊戯の感覚を越えて、新しい共感性の文芸を一般化することが近代化の実践であったのだろう。題詠は、主に、問答体の書き方を川柳に定着させた。その代表的な場が句会であった。

『川柳総合大辞典第三巻用語編』(二〇〇七年　雄山閣刊)に、「今日のような単語題になったのは、『誹風柳多留』で見る限り文化四年の三七編以降で、最初の題は「下女一題」であった。」とある。近代化に向かう俗世間のなかで、題詠と句会と共感性を綯い交ぜにしたところに庶民の知恵があった。日常的で俗世間的な視野は広かったとは言えないが、近代的な自由の風潮と川柳性を身につけた無名の川柳人たちが、川柳味をいまに残した。

句会には幾つもの題が出される。一題に一選者の単独選、共選や互選は少ないのが通常である。題が出され、句が書かれ、選者が選り分けて発表する。一つの題のもとに書かれた句を、一人の選者の川柳観が見分けるという句会のシステムは簡潔で、大小の集団に適応した。前句付での受け身の性状が句会に引き継がれたのであり、題詠と、題のない創作をピッチャーとして書く二本立てによって近代川柳が書き継がれたのであった。

2　川柳味の近代化

前句付から離れたとはいえ、明治の川柳の当事者、近代化の初期を代表する井上剣花坊と阪井久良岐の句には『柳多留』を思わせる発想と表現、川柳味と川柳の書き方があった。

勘当へ小包で出すかたみ分け　　井上剣花坊
死神が離れて二人腹が減り
いくつにも折った紙幣で詫びに来る
龍宮へドリャ、マカロフと沈没し　　阪井久良岐
港へは整々堂々として逃げ帰り
提灯屋九段に足を向けて寝ず

「勘当」という旧習のある社会に、新しい流通手段「小包」が取り合わされた。剣花坊の時代の川柳味を思わせるとともに、省略が「勘当」の前後の有り様を想像させる。同様に、心中を思い止まった二人が空腹を感じるという、うがちと、前後の経緯を読者の想像に預ける省略が効いており、

「いくつにも折った紙幣」が、硬貨から「紙幣」の時代に変わっても暮らし向きの変わりのなさを表現。この句、前句付の「里の母遣イ殘リを置イて行キ」の省略法を引いている。

日露戦争を書いたと思われる久良岐の三句も前句付の川柳味を引いており、焦点の絞り方にうがちと省略が活きている。「マカロフ」は言葉遊びを時事性に転用。正々堂々を「整々」に変え、「提灯屋」は戦勝の提灯行列とともに、戦死者の葬列をも含んでいるかと思われる。あるいは

古池へ翁の知らぬ註を入れ　**井上剣花坊**

の書き方なども、『柳多留』の詠史川柳と同様で、いずれも主意を象徴する句語が採られて、前句付からの川柳味を引くところで書かれている。新川柳を押し出した二人の気骨が感じられるとともに、前句付の書き方に凭れながら書いていたことがわかる。

3　川柳味と創作

大きな物語の終焉をいう時勢のなかで、近代川柳の終わりが実感されると、その百年間に書かれた佳作が過去のものに見えてくる。日常詠では川柳味の弱さが手放し状態であったことが目立って、感懐や感慨とともに相対化の意識が浮上する。

近代の終わりは、多くの結社誌の選者が身に帯していた「私の思いを書く」という選句の基準を揺さぶったはずだが、その実際は、これに頓着することなく安閑としたもので、退屈な川柳を溢れ

させた。大方の結社誌と句会が入選を競い合う遊戯性と社交性に集中、カルチャーセンターも賑って、社会的にはいわゆる川柳ブームが現れた。

近代川柳の佳作の多くは、題詠から離れた創作として書かれたが、大方のレベルは自己表出と共感性の合致する位相にとどまって飽和、袋小路の内閉性を自ら好む意識が、川柳味の棚上げ状態を続けさせた。句会の題詠に遊戯気分の共感性があり、題詠から離れた五七五の創作でも「私の思い」が共感性を求めたのだから、安直な共感性こそ近代川柳の根であり幹であったのだが、川柳味は題詠の書き方に若干、濃く現れていたと言える。

ちなみに、有季の俳句の日常詠にくらべて、川柳の日常詠は圧倒的に退屈なのだ。有季の俳句は、主意が退屈であれ、こころに触れない句であっても、主意と、季語や景との関わりが感じられる。主意が言葉となり一句となる往還が立ち上がるのだが、川柳の方は、日常性の断片があるだけなのだ。皮肉な見方をすれば、近代川柳では日常の断片を切り取ることにうがちが感じられ、五七五への納め方に省略が働いたのだ。

もちろん近代川柳の優れた句は自己表出を上位に据えつつ、川柳的な書き方を採っていた。うがちによる戯画化や暗喩などに川柳味が活きて、省略と収斂が融け合い、それらの句は、退屈な川柳への批判を宿していた。

舐めれば癒える傷　秋陽を占める犬たち　小泉十支尾

倒されて聴くこおろぎの研ぎすまし　時実新子

草いちめん脱走の快感をまてり　草刈蒼之助

首塚の木に鈴なりのあかるさや　福島真澄

しかしこれらの句のナルシシズムへの傾斜を誘い出したものは川柳的書き方であったのだが、発表された当時では共感性の範疇に感じられて、批判の言葉は出なかった。

川柳味の書き方の大方は、うがちと省略にあって、古川柳の佳作では両方が見事に綯い交ぜになっていた。川柳の近代化は、これの弱体化、うがちと省略の分化を顕著にした。右の句のように作者が自己表出に向かう際に、うがちの視線は多少なりとも自己表現に活かされたのだが、省略は表現の技術と思われた。主意の抽象化や、収斂や、詩性を得ることが省略に代わっていったのである。近代化路線を継承する川柳人たちは、これを時代の推移と感じて今日的な川柳と認識、発展的な革新と意識したのだが、省略による川柳味はほとんど顧みられなくなってしまった。

4　川柳味と詩性

戦後の民主主義化が自我の表出意欲と実存的な意識の展開を促すなかでは、うがちと省略より「私の思い」を上位にする川柳が普通のこととなった。むろん川柳味の希薄化傾向を気にする視線があり、岸本水府はすでに、昭和七年頃に「本格川柳」という呼び名をもって、川柳の詩性化に対抗、いわゆる本格派は、戦前の庶民生活の喜怒哀楽を川柳味によって書いたが、戦後の窮乏生活の時代が過ぎるとともに目に立つ佳作がなくなって、いまに至っている。表出レベルの深化を求めない方向へ流れた結果である。

一方、近代化指向の中での庶民の文芸、川柳に、個人の本音の表出が望まれたことは必然であった。個我、本音の表出が詩になり、さらに戦後の川柳味の軽視が詩性川柳の時代をつくった。

母系につながる一本の高い細い桐の木　河野春三
花を咲かせ　二秒ほど血をしたたらす　中村冨二
雨垂れの終りの汽車が出ていった　時実新子
芒野の顔出し遊び何処まで行く　泉淳夫
水を汲む追っているのか追われてか　岩村憲治

共感性と問答体の書き方が詩性に適って、うがちの視線が自己客体化になり、喩の多様に向かった中で川柳的な省略はほとんど見られなくなった。私性と詩性が溶け合うところに表出の手応えがあったのだ。作中主体、句に書かれる作者の存在感が喩の追及を重んじさせると、川柳的な省略は表現を軽くすると感じられるのであった。

戦後の川柳界に詩性川柳が加速的に増える中で、河野春三が川柳を現代詩のなかの最も短い詩として位置づけようとしたことと、私川柳が飽和と袋小路で停滞したことにはここでは触れない。しかし、この時代の川柳味の減退が川柳的な省略の軽視に現れたことは、川柳の表現史のなかで総括されるべきことである。象徴語への依存と暗喩の追求が川柳的な省略を遠ざけたのだ。

5　省略の川柳味

近代川柳を越える方途は様々だが、五七五に納める技術と思われている省略法を、川柳の味へ取り戻そうとする川柳人は少ない。

樋口由紀子と筒井祥文が目立っている。

字幕には「魚の臭いのする両手」　樋口由紀子

樋口由紀子は省略の名手である。川柳そのものを求める意識が強いのである。この句、強烈な省略が、言葉や意味の発信者と受信者のシチュエーションを創造させた。省略の強さは読者へ預けるちからの強さになる。預けられた読者は情報社会への思いを新たにしたり、メールの交信を思わされたり、個人の立場と、一方的な情報との関わり合いを感得させられる。表現に現実感が維持されていて、主意を抽象化させないところが樋口らしい。

海面のちらちら見える正露丸　樋口由紀子

両の手に重さの違う箸があり

二番ホームのはしっこあたりで鳴いている

などはシチュエーションを書いて関係性を省略、読者に預けている。

あるいは

一から百を数えるまではカレー味　　樋口由紀子

の句は、百を超えると、と読者の感覚を誘い出している。これらの省略は、日々に接する日常的な言語が樋口の中の川柳的な嗜好とスパークして省略の対象になるシーンを想像させる。

良いことがあってベンツは裏返る　　筒井祥文

「ベンツは」は自らの意思で「裏返」った、と読める。「良いことがあって」のことだ。文字どおりの転倒だが「ベンツ」は、乗る連中の日々のあり様が気に食わない。何時の日にか、と思っていたところ、「良いことが」「裏返」れ、と弾みをつけたのだ。

筒井は、表現する事象にあまり拘らない川柳人であり、句会上手に多いタイプである。この句の場合も「ベンツ」で無ければということではなく、「ベンツ」が頭に浮かんで、これが、世界や現実の様々な構造によって在ることを「ベンツ」を中心に一回りして観察、やがて「ベンツ」は言葉になる。言葉になるのは、一回りして幾分か世俗へ還って来たところであり、見てきたものの大方についての感情が浮上するところである。筒井はこれを異化、「ベンツ」を「裏返」す。表現の上では、一回りして見てきたもの、「ベンツ」という言葉が纏っている世界の様々が省略される。

異化も収斂も省略ではない、イメージと省略も違う、抽象とも違う、もっと言えば、止揚の過程とも違うなどとの見方があるが、庶民の文芸であると自認してきた川柳の習いで、「ベンツ」を課題にすれば、一回りして見たあれこれは、それぞれの一句として何句も書けるのだ。しかし、世俗へ幾分か還ったところで、はじめて「ベンツ」という言葉が問いとなって、作者に問答がはじまる。したがって筒井の承知している川柳では、詩や喩は、余所事である。問答の結果が川柳であり、他者の眼にアレゴリーやアナロジーの寸前に位置する表現と見えても、筒井は省略を効かせた川柳を書いたと思っている。

ブリューゲルの有名な絵『農家の婚礼』は、婚礼としながら、花婿の姿が描かれていない。省略に努めている樋口や筒井は、おおいに肯くにちがいない。

（「翔臨」七十一号、二〇一一年六月）

世紀末の水餃子

「意味なんて（作品の言葉の）あとからついてくるのよ」とはおよそ二十五年前の本間美千子の啖呵である。川柳における詩性についての作者側からの説明ということでは、当時、ひとつの妥当性をもった発言であったが偏った極端な啖呵であった。

作者がひとつの主題を書こうとして、型式へ自分を追い込んでゆき、浮かび出た手ごたえ充分の喩が、具体的な意味を突き抜けて主題の質を表出するとき、具体性を求める読者から「ワカラナイ」「ナンカイ」「ヒトリヨガリ」の反応が起きる。それに対して正面からの作者としての啖呵であった。小さな集まりの場での発言で外に出ることはなかったが、この啖呵は当時のいわゆる詩性川柳がどのようなものであったかを物語っている。

例えば

風百夜　透くまで囃す飢餓装束　　渡部可奈子
くちづける罌粟のさわりの苦しい節
夢祭り　赤花の乳兄弟よ吾も

酌み交わす　自他でもっとも涼しいテロ

現代川柳における詩性の、ひとつの到達期であったと思われる時期の目立った作家のものを引いた。以後、詩性川柳の方法については横ばい状態をたどり、ごく最近、句集『容顔』（樋口由紀子）やなかはられいこ、清水かおりなどの新しい傾向がやっと見えはじめた。右の「透くまで」「さわり」などに「意味なんてあとからついてくる」の発言が符節するのだが、これは最初にかなり明確な主題があって、それを辛抱強く型式へ追い込んで喩を求めるという、作句過程と意味性についてのことだ。渡部可奈子のような書き方で喩を定着してゆく作者を「川柳木馬」誌で見ると、海地大破、古谷恭一がいるのだが、二人とも従前の書き方を踏まえつつそれを突き抜けようとしているのが見える。

母逝って天の寒さを口にする　　海地大破
紙袋破って首を取り出せり
笑いすぎて直立の骨崩れだす

海地大破は、冬二、俊平のあとの世代、石部明、梅崎流青、樋口仁、西秋忠兵衛、樽崎進弘、古谷恭一らとならぶアルチザンである。作品に漂う孤独感を作者の個に還元して読むことは容易かもしれないが、作句過程で無意識的に付いてくるものと解するところでとどめたい。「母逝って」の具体性にもとづく発想を、型式に対峙させつつ、その対峙そのものを恃みのようにして主題が抽象の域に至ると、具体的意味を突き抜けた喩の獲得となる。そこでアルチザンの技量が手なれた「る止め」で、その言葉を定着させてゆく。ほぼ同様の書き方でアルチザン大破の「紙袋」は書かれるのだが、具体的意味の伝達を横に置いて（意味は堂々と読者個々の解にゆだね）、言葉の追求に身をまかせている。そしてなお、解の方向性が獲得した言葉に残ることを彼は熟知しているのだ。そのもっとも成功した一句が

すっぽりと青空が抜け失禁す　　海地大破

であり、意味のおもかげをひきずると

私を焼いてください花明かり　　海地大破

となる。両者の差異は瞭然だが、評価は読者の個々の好みによる。「笑い過ぎて」の句に作者の川柳性の臭気があってほほえましい。

ベンチから初老の男起き上がる　　古谷恭一

雲行けど遂に開かぬ塔の窓

ビールの酔いにまかせて作者に川柳を書くことについて問うたことがある。古谷恭一は実に誠実に、太宰治を言い、復讐を口にした。氷解とはこのことかと思うほど、一気にわかった。わからねばならないことがわかっていなかった愚を思いつつ『人間失格』など思った。古谷恭一にはコンプレックスとはちょっと違う自己卑下のようなものがあって、その客観視が右の句のように成ることはわかる。復讐とはそれを白日のもとに曝すことであり、自己肯定と自己否定の二ツ巴の循環を常に負いつつ書くところに、もの書きとしての彼の誠実はあるのだが、一般社会でそれはデカダンに位置づけられるだろう。もちろん復讐はこの場合いつも自己処罰をふくむ。自己憐憫の感傷にとどまってなど

いられないところからシンボリックな語は抽象に移り、具体的な意味性を超えたところで句となる。「ベンチ」の句が意味性の址を見せ、抽象に向っての自己開示「開かぬ塔」となってゆく。ひとつの主題が表現において螺旋を描いて上昇してゆくのであり、作者に疲れが残るのが彼の川柳なのだ。

手鏡は霧を吸い込むためにある　古谷恭一

「手鏡」を「川柳」に替えて読むと、川柳作家古谷恭一の現在が見える。復讐は古谷恭一が思っているほどに水気がありつづけるだろうか。それを化石と見る位置があると思うのだが。

水滴は下へパラノイアは器へ
フラスコは無呼吸しずかな夏野　清水かおり

「水滴」の一句は圧巻。「しずかな夏野」という言葉は、よく出てきたものだとほれぼれした。「水滴」と「パラノイア」、「フラスコ」と「しずかな夏野」これら絶妙の呼応こそ作者にとって書きおえた意味なのだ。

海地大破、古谷恭一は、意味に発して抽象の喩に至り、「意味なんてあとからついてくる」ところで川柳を書きつつ、徐々にそれを突き抜けようとしている。つまり意味そのものはあいまいになってゆくかわりに、獲得する言葉が「自己」をあらわすところにまで至ろうとしており、読者が具体的意味を問えばそのすれちがいとともに答えに窮する一句を書くのである。

その「自己」を、具体的意味から離れたところで言葉としているのが清水かおりであり、大破・恭一などの至りつこうとしているベクトルを常態として彼女は書こうとしている。もはや意味は、言葉のあとからついて来てもこなくてもいい。ことは、言葉であり、言葉どうしの関係なのだ。言葉からやっと意味をひきはがして記号としての自己の一句に立ちあがらせる。清水かおりのクリエイティブな営みに瞠目しつつ、作品の底に意味への郷愁が在って、それが凧の糸のように孤独感の中で曳きあっているのが感得できる。古川柳は徹底的に意味で成っていた。それが、あとからついてくるものとなり、ついてこなくても、のところにまで至ったと言えば極端な史観になるが、意味のひきはがしのレベルでやっと他から、川柳って何?と知的に問われるところまで来たのである。

（「川柳木馬」二〇〇〇年一月）

一句が読者にもたらせる未解決性、いまこの手法が一部で試みられている。一句を読みおえて残る未解決性が、問いであったり、中途半端さであったり、トゲや影や映像が落ち着くべきところに落ち着かない、腑に落ちない書き方。淵源は前句付にまで遡ることのできる書き方の現代的な顕現。

この書き方は読者の脳に有無を言わさず焼きつく完成度の高さが必要であり、隙や乱れは有ってはならない。抽象絵画や抽象彫刻やポップ・アートの優れた作品が脳に焼き付いて離れないような川柳の書き方を想えば、川柳という文芸の性質に合った未開の領域は拓かれるのを待っているように思える。

ことのおこりはある日一人の僧が来て　西川富恵

は「ことの」始末の具体性をも読者に想起させようとしているのだが、その方向性が「ある日一人の

僧が来て」の指示ではゆるいだろう。例えば

てのひらの果てなき海を泳ぐかな　西川富恵

空っぽの脳に咲いたよ芋の花

の二句は抽象化がいい味を出していて魅力的だが、これらの句の一部を、「ことのおこりは」の句に接ぐと、なんとなくおさまるのだ。つまり、未解決の方向性が全方位でありすぎて読者は離れてしまう。未解決性の川柳は当然、作者の世界観から成る。再挑戦を。

本当の手紙は出さなかったよ　さよなら　高橋由美

世代の違いを棚上げして解ったような顔をせずに、一種の風俗詠のように読んだ。人間関係のその時その時の本音ともいうべき思いに、今日的な軽重があるのだと。

僕らのメトロノーム止まった放課後　高橋由美

思想や情念を棚上げして、次の時代はますます白々と影のとぼしい社会をつくり出すのだろうか。そこで感受性はどのように川柳に反映するのだろう。止まったメトロノームと放課後のとりあわせは、単純に学校生活のリズムを書いているのではない。若者の感じている主体性の乏しさが動かぬ空気の中にとらえられているのだ。

満月や妻の尻尾が長くなる　北村泰章

寺尾俊平さんが在れば喜ばれただろう。「太くなる」とコミカルにすると異界で笑っているようだ。でも「長くなる」が泰章のリアリティで、中村冨二さんなら誉め言葉として「少しコワイ」と評さ

れるのでは。この辺りに北村泰章が日常性を越える新展開への活路がありそうだ。

あかつきの蛇口に人は精神《こころ》を流す　清水かおり

清水かおりのスタンスが少し変わったように見えた。ブラインドの内側で自己と言葉のかかわりあいを考えていたのが、ブラインドを細目にあけた、その一句と見た。「人は」の一語は自己省察を経たと見るのが適切で、ただちに他者とか人間一般の、とは決められないが、ここには自己省察のそれが普遍的な質に通じていることを見る眼の働きがある。その若干ののびやかな位相で

記憶せよ木々　僕達の赤い影　清水かおり

も得られたのだろう。「記憶せよ」の命令形は、ブラインドの内側の小さな解放区を外に提出する意向が見え、

千年や月の微笑を鮮明に　清水かおり

はとても個的な感応でありながら、古典に多く登場した月でもあり、石部明さんの書く月とも通じる。

川柳の現状をどのように越えるかを考えている川柳人は少ない。手近の現象で言えば、「私」を書くことと「思いを書く」ことの無自覚な混雑は、個々の方法の自覚以前が横すべりしている。あまねく川柳誌はこれを露呈しており、報告川柳の淘汰を望めぬまま安易な鑑賞が横すべりを助長しているのだ。

もちろん、専門というより趣味の世界であり、川柳の全体的な流動性は量が質をつくる。数が良いものを育む。多くの人数を擁する結社に向上意欲が皆無で、良い指導者が無ければ、その結社は量だけの結社にとどまる。批評意識が作家にいい刺激をもたらせることを無視してはならないだろう。

はじめに触れた未解決性の書き方は新しいものではないが、現状を自覚的に越えようとするひとつの隘路と言えよう。七七音という未解決性を受けて、前句付は川柳の質を独立独歩に向かわせた。一句七七が五七五に内包された現代の川柳に、未解決性のおもしろみが問われるのは当然なのだ。一句へ、読者を強引に参加させることによって、作品の授受がなると言いかえてもいい。川柳が川柳であるところの川柳性に、未解決性はひとつの要素、特に読者の参加を要求するエネルギーの要素のあることを思いおこさせるはずである。

（「川柳木馬」二〇〇二年一月）

＊「川柳木馬」に十回連載された前号批評「世紀末の水餃子」（第六回以降は「世紀末の雲呑」と改題）のうち第二回と第十回を収録した。

詩性川柳の実質

川柳は言葉の時代に入った。「読み」の時代と言い替えてもいい。作者が言葉を持って意識や認識を明確にする動きがはじまっている。

階層があり身分の違いのあった時代は、人情が階層を超えるものであった。柳多留は人情とエロチシズムが階層を超えることを現わしている。為政者は規範からの突出を感じれば柳多留に改版を命じる強権を振るった（俗世間のエロチシズムにはかなり寛大であったが）。前句付の多くの書き手は分をわきまえていたと感じられ、明治三十五年以後の川柳が近代化を急いだ時代は、エロチシズムと言語遊戯を排除して市井の生態と人情を書くことに性急であった。結果的に、近現代川柳は、前句付で開花した川柳性を狭めて世俗的な《共感》を価値として書かれたのであり、多くの作者は時代の赴くところに合わせることで分を弁えていると思っていたに違いない。つまり近現代川柳は、日常生活を受身で生きる中での手近な文芸であったのだ。

鶴彬の川柳が鋭角的な革新性をもちながら世俗的な《共感》の域を出なかったことは、近現代の川柳の質を象徴的にものがたっている。昭和三十年前後と、それ以後の社会性を負った川柳や、主体性を求めて前近代との桎梏を突き出した女性の情念も、世俗的な《共感》を書くところにとどまるものであった。

一方、近代化以後の、詩性の追及を自他ともに革新性としていた多くの句も、世俗の《共感》を出なかった。

いま、川柳が、「言葉」の時代に入ったということは、これまでの川柳の《共感》を突き抜ける過渡性を含みはじめたということである。言葉を対象化して句を書く例を近年の岡山県での大会（津山・西大寺・玉野の三大会）のなかに見てみる。

（1）

迷彩や産んで育てたものの数　　村井見也子

この句の抽象された感懐は、昭和三十年代後半から五十年代の情念の川柳を出るものではない。「産んで育てたものの数」という意識はその常套的表現と決め付けてもよい。しかし「迷彩」の自覚は情念の表出に見られた訴求性から外れている。「産んで育てたものの数」、その長い歳月の自分をどのように捉えればいいのかという惑いが句の主意であり、直接的な情念の表出ではない。自分の生は何だったのかという惑い、存在のとらえ難さに作者も読者も立ち尽くすしかない句であり、惑いを確認させるものは、ほかならない川柳であり「迷彩」という言葉なのだ。この言葉の強さは、自問自答の堂々巡りや虚脱感を感傷の穴へ沈ませない。泣くに泣けない惑いを言葉が確認させている。

そして迷路にコント並べて味噌醤油　前田一石

「そして」「迷路」「コント」などは、この三十年来の川柳の常套語であり、「味噌醤油」も日常性の定番で、句そのものが常套句である。作者はこれを心得ている。ではなぜ常套句が書かれたか。かつて生き抜くことの苦心の連続を表した「そして」、やみくもに突っ走った「迷路」、懸命の生き方を容体化する「コント」。どの語も生き様についての苦汁と苦笑を表すものであった。そして手にしたつつましい安穏「味噌醤油」。一語一語が実生活上の湿潤感を負っていた。いま、それらを遠いものとして、文字どおり開けっぱなしの明るくて軽い、しらじらとした透明感のなかの生活がある。もう、句語が情意を持ち得ないのだ。湿った薄ぐらい場所にあった壷や部厚い瓶の「味噌醤油」ではなく、明るいキッチンの、樹脂容器も中身も消費するだけのものでしかない、いま、である。情念を書いた時代の句には、それゆえの訴求感があったが、いま生活空間には手も足も出ない無気力でシラケタ諦念が「コント」としてあるだけなのだ。句の主役は言葉なのである。

いま句会や大会に臨む川柳人は、内実の空白を抽象として抱えている。川柳を書くということは、その空白を言葉をもって認識することであり、題詠はそのきっかけなのである。言葉への関心のありかたが象徴性を求めるところから、自意識の確認に変わった。次の句はこの変化だけを書いている。

ぼんやりと豆腐の上に置く大地　　徳永政二

作者の内実は「置く」という言葉に全面的に出ている。現実に「豆腐」の上に「大地」が位置することはありえない。これが為るのは意識の中だけであり、その意識の先は「迷彩」と同じ位相の「ぼんやり」とした像である。モンタージュでも二物衝撃でもない。「ぼんやり」と揺曳するアンニュイと惑いのなかで「豆腐」は豆を、豆は「大地」を引き寄せたのかもしれないが、豆腐より大地の存在感が少しだけ強いものとしてある——意識を、自壊するよりない像（言葉）をもって「ぼんやり」と浮き上がらせるのである。イメージのうえにイメージを置くという特殊な像は、自身の存在の希薄感を表現しており、「置く」という言葉の機能性だけが非現実の表現を可能にしている。

呪文となえてみんな月夜の魚になれ　　石部明
鬱つづくあねは銀色風車

三十年も前に流行った情念の像化を書き方に遺しているが、そのような情念を揶揄し、放擲するべく言葉が置かれている。「なれ」「つづく」が「みんな」「あね」を過去化する言葉としてあり、呪文・月夜の魚・あね・銀色風車などの旧態依然のイメージが作者のいま、に照射されている。言葉を対象化するとき、かならず言葉は作者にはね返る。言葉がはね返るとは、言葉によって認識や意識が確定されることである。言葉の嘲笑いを浴びつつ、「みんな」を「月夜の魚」に、「あね」を「銀色風車」へ転化するのは、もはや「みんな」や「あね」が現在のこころに内在しない、もうすでに「月夜の魚」や「銀色風車」になった——処理された、精算された、なにもかも終ったよ、との宣言である。言葉が作者に向かって断を下したともいえる。

石部明において、この、断は、過去を無化するものではない。「月夜」や「風車」は過去の日常性へ移行して有りつづける。戦前戦中戦後は作者にとって具体的な時間だが、若年層には抽象として認識されている。すれ違いは不可避だ。不可避の認知は、言葉が作者を誘導し、言葉をもって作者が個人的に確定することである。表現（川柳・言葉）による過去の、完全な過去化をもってのみ、作者のいまはリアリティーを得、裸眼で明日を見ることが可能なのだ。この意味で、石部明はいつも日常的である。

馬の腹くぐってネオ・ナチ小僧　　情野千里

かつて、社会性川柳は意味性の固まりのようなものであった。意味の堅固さが、作者の社会性意識の正当さを自己保障していた。この句が社会性川柳の系列下にあって望遠レンズで見るような状景描写に終始していることは、ネオ・ナチという言葉が作者に抽象的に把握されていることを示している。メディアがネオ・ナチの台頭を具体的に報じても、目の前の日常のなかで大々的に対応が出ることはほとんどない。「ネオ・ナチ」という言葉を具象化する途惑いは、作者をビデオのような客観写生に追いやった。「馬の腹」を「くぐって」度胸試しをする「小僧」は、「ネオ・ナチ」の心性の説明だが、抽象的な認識を出ない。作者は徹底的に言葉を対象化するしかないポジションを「ネオ・ナチ」という言葉に迫られた。古色蒼然ともいえる客観写生が「ネオ・ナチ」と相応し、日常で使わなくなった「小僧」という言葉が、過去の書き方（言葉）拠るしかないことをものがたっている。

いっせいに大衆になる椎若葉　　なかはられいこ

個々の新鮮な生命感の凡てが、すぐ個別性を認めぬ大衆になるという主題。常套的な主題であることを作者は知っている。しかし「いっせいに大衆になる」という言葉が変哲もない無機質な表現としてあればあるほど、「椎若葉」という響きのよさ、ここちよさは向日的な像として対置される。入れ子構造、永久循環の句だが、作者は情意を持って言葉の比重を測っており、そこに言語表現への作者の素朴な信頼が在る。個と大衆という、社会形成での堅固な関係を「椎若葉」という言葉でずらせないか、歪めることができないか——と。「椎若葉」という言葉はそれほど強い響きを作者から引出した。

(2)

大臣は反対側の顎である　　樋口由紀子
湖に時々帰る散髪屋　　松永千秋
眠れない野が剃刀を研いでいる　　田中博造
おやすみなさい戸籍簿は閉じました　　筒井祥文

これらの句は作者のある意識、あるいは意識より深みにある何かを言葉が引き出して書かれている。言葉が意識を確定したという手応えが作者にあるはずで、読者に言葉の感覚を預けるというより、意味性を預ける強い絞り込みがなされている。

言葉によって引出された内実が、これまでの川柳より読者に預けるものの容量を多くしていることと、時代がどのように関係しているかは即断できない。近現代川柳の歴史、雑俳、言語遊戯、世俗性、うがちや省略、社会的制度とか規範から勘案できるかもしれないが、まだその時ではない。部分的に見えるだけか、大きな潮流の中に居て見え難いのかわからないが、言葉で自己の意識や認識を確認する書き方は確実に増えている。

例えば、「湖に時々帰る散髪屋」の句に意味を求めれば、両腕を上げ続けて働く散髪屋が、ふっと遠いところへ意識をやる瞬間と思えば、当たらずとも遠からずであり、「眠れない野が剃刀を研いでいる」も、言葉が、眠れない神経をシュールに引き出したと感じられる。

右の四句は、言葉が内実を引き上げたという手応えが作者に有り、読者の感覚には、意味の全面的な表現ではないという感が残る。現代川柳の未解決性、未了感と、意味性との関係はまだ検討されたことがない。意味性が濃厚にあると「大臣」の句のように、為政者の不実を揶揄するなどの鋭いうがちが読者に預けられ、「反対側の顎」という言葉が個々の読者それぞれに「大臣」の様子をコミカルに想像させる。おなじように、社会の一員として戸籍簿に記号化された時間から個に戻る時間、「おやすみなさい戸籍簿は閉じました」も、主意は動かないが、「おやすみなさい」「閉じました」という言葉のニュアンスを読者の読みに預けている。ロボットが発音するような無表情な言葉とも、やっと自分に帰れる個人のつぶやきとも感じられるが、主意の指示性は不動である。

四句の共通項は、措辞についての作者の手応えだが、読者の方から見れば、意味の先行する句と、意味があとからついて来る書き方が現代川柳にあるということになる。読者の言語体験によって、読み、に差があるのは当然だが、未解決、未了性の書き方によって、その差が大きく拡大する現象がはじまった。

なぜ作者が、言葉の手応えの確かさにこだわるかは、はっきりしている。作者自身の存在が言葉によって確信される一瞬が作句過程に在るからである。言葉の方向指示を、他者がどのような意味に解しようとも、何を感じようとも、作者にとって手応えの一瞬、その一語は不動なのだ。

(3)

佳句の多く生まれる大会で、選者の選句眼の高さに清涼感を感じることがある。しかし、実際に現代川柳を読む眼を具えた選者は少ない。いま、川柳の幅を全て理解して選のできる人は何人あるだろう？　「言葉」「読み」の時代に入ったというのは、川柳の大きな幅と、句語をどれほど感得できるかということである。川柳を、意味を読む文芸とのみ理解しているところから読めない句が書かれ、逆に、詩性のみを上位に置く姿勢からは、意味性の所在が読めない句が書かれている。この幅を理解できないと、現代川柳が隘路でもがいているように感じられたり、言葉の時代のエピゴーネンを見分けることができない。

言葉への関心がパラレルにあることと、鑑賞力、「読み」が揃うものではない。「読み」が一律に揃ってはならないし、揃わないことが文芸の自由を証明する。ただ、個々人の言葉への関心が「読み」に現われ、選に現われる。共選の増える要因である。

泣いているだけのこうもり傘である　樋口仁
僕のレールとゆっくり絡む夜のショパン　山岸竜清
日時計の影に少年芽吹く鬼の部分　墨作二郎
伝説をひたひたこぼす木の器　草地豊子
今を束ねて男は駅の樹になった　西川けんじ
遠い岬でピアノが鳴っている今　岡田千茶

これらの句語には、旧来の象徴性とモダニズムの範疇で書こうとする姿勢が見える。言葉の共感性と常態化に凭れて書く作者に、共感性や常態化が制度となっているとの意識が有るかどうかは不明だが、これらの書き方は、徐々に少なくなっている。旧来の書き方、と感じる川柳人の増えていることはあきらかである。

近世や近代の残滓との相克を訴えたり、克服しようとする観念は、川柳では主に象徴的言語で書かれた。この観念を《思い》と言い替えれば、それらの佳句は枚挙にいとまがないほど多くあり、そこに書かれた意味性はすべて《共感》を呼ぶ情意であった。作者が訴え、読者が訴えられて共感するという予定調和の川柳であった。右の六句は情意は薄いが、共感性を含む言葉への凭れ方が予定調和的である。言葉のもつ象徴性だけを抽出すれば三十年ほど前の

横町のにしきのあきら家出する　石田柊馬

と並んでいる。アイロニーであれ喩であれ、六句と「横町」の句は、近代的な物語性を出ない。

大臣は反対側の顎である　樋口由紀子

の、書き方との違いは、樋口が近世や近代や、それらの諸々を書いた川柳をすでに相対化した位地で言葉と関わっているところにある。樋口は、言葉の歴史性をまったく気にせずに、真正面から言葉をもって只今現在の自己の内実を引き出すことができている。「反対側の顎」という言葉は象徴性やモダニズムに依拠せず、もちろんモダンな感もない。樋口にとってモダニズムは、それを享受する機会の均等化によってすでに無化されているのだ。だから、「大臣」という言葉が歴史性や象徴性を含んでおれば、それを、現在の風刺の対象に出来るのだ。この、言葉への接触の仕方から見れば、右の六句が、「このようにモダニズムを自分のものとしている」という位相で書かれていることが見えて来る。

伝統的川柳の三要素が、うがち、おかしみ、軽み、であり、文芸上の規範ではないとされている（『現代川柳ハンドブック』）が、この伝習的な視線で見れば、六句のモダニズムより樋口の句に川柳性が多く在る。近代から現在に至る川柳が、いかに近代化を急ぐ心性によって書かれ、その作句が主に自己の《思い》に執着して書かれたかを、樋口は客観の位置で知悉しているのだ。

いま、川柳全般にある大きな問題は、樋口らの位相で書かれている川柳を、その作者達は読めるが、右の六句の位相からは、読み辛いということである。大きなというのは、この現象がパラレルにあり、一方への偏りでなく現代川柳の逢着した過渡性の問題として捉えられ、新旧、という捉え方も出始めているほど確かな動きであることだ。

過渡性の一例を具体的に、作句の主意に焦点をあてて見れば、《思い》を書くことから《意味》を書くことへ移行して行くことで、川柳の容積が大きくなったことに強く現われている。

「言葉」「読み」の時代、という見方は過渡状況を展望するためのキーワードである。

（「バックストローク」12号　二〇〇五年十月）

＊「詩性川柳の実質」は「バックストローク」創刊号～34号まで連載。本書では12号掲載分のみ収録した。

冨二考

60年安保の騒がしかった翌年一月に、松本芳味の編集による『中村冨二句集』（森林書房）が刊行された。句集の序を冨二自身が書いており、その三カ所を焦点にして冨二の川柳の特性を考える。左に三カ所を引用、便宜上①②③の符号を付ける。

①
「中村冨二句集」を送る。

これは『冨二が現在生きていることの、尻尾の様なモノだ』と、お考え下されば倖わせである。

②
ボクはいま色々な意味で、一時作句を休んで居る。でも人間を廃業する気は毛頭ない。何よりも愚かでありたいと考えているし、墓石が欠けるように、前歯が欠けて来ても、永遠に青年でありたいと、慾だけは誠に罪深いモノがある。

③

川柳という名に残されたモノは、技術だけである。という考え方は、当分変りそうもない。伝統作品が流れ作業だと言う議論が、そのまま一部現代川柳にも当てはまる危なさは、技術の貧困からだと言われるのが、ボクも或いはそうかも知れないと、自戒に似た気がする事であり、そんな時間は論争の外に佇っている。

引用三カ所には後年から見れば冨二の川柳が屈折点に差し掛かっている兆しがあり、曲がり角を意識している冨二の

〔1〕「川柳という名に残されたモノは、技術だけである」という言葉の内実
〔2〕冨二の私川柳観
〔3〕「残された技術」と私川柳
〔4〕「ボク」「モノ」のカナ使い

などを抽出すると冨二の川柳の特性が見易くなると思われる。

一点、お断りしておきたいことがある。

当時の川柳の世界には特殊性が在った。簡略すれば、大きくて緩い集合体である川柳界があり、

小さな集合体、革新派が在って、当時は両者の懸隔がもっとも濃厚に顕われていたのである。川柳界、革新派、という用語が互いに通じていたのだが——革新派が川柳界から飛び出している状況で、其処から、ときには、川柳界との交流を望まないと宣言する（注、「天馬」声明。一九五九年）状況も発生、逆に川柳界も革新派の活動を無視することが多々在ったのである。互いに呼称も通じており、むろん両者を往き来する川柳人も在ったのだが、両者を纏めて指す用語が無かった。

これを川柳的な暢気さと言えばそれまでだが、川柳が内閉的な活動であったことの証左であると後世からは見えるだろう。

小文では当時の川柳界を川柳界、革新派を革新派、と分けて指すと共に、両者を纏めて指す用語を、川柳界（革新派を含む）、とする。便宜上のことで他意は無いことをお断りしておく。

まず、『中村冨二句集』（一九六一年、森林書房刊）の佳作の中から二十句引く。

墓地を出て、一つの音楽へ帰る
轢死者はゴロン、花束もゴロン
青空や　校舎がオルガンに化けた
たちあがると、鬼である
あんま別れる　敵意の笛を吹きながら

ああ僕も踊っているね　馬鹿おどり
少年に　母匂う夜も無事に過ぎ
人形の帽子はみんな生意気だ
夜が来た　兎も亀も馬鹿だった
片恋や　首落ちやすき葱坊主
セロファンを買いに出掛ける蝶夫妻
春の太鼓乱打したしと妻には言えぬ
春の夜のおかめは胸を抱いてねる
赤ン坊虚無の底よりアババと言えり
パチンコ屋オヤ貴方にも影が無い
犬交り大野九郎兵衛昨日死せり
マンボ五番「ヤア」とこどもら私を越える
馬二頭　並ばず行けば　夫婦あり
神が売る安きてんぷら子と買いし
否という　神のオデコをポンと叩き

〔1〕「川柳という名に残されたモノは、技術だけ」

①は富二らしい挨拶。「尻尾の様なモノだ」が序の全体のトーンを告げている。

②の部分は富二の心の弾み。只今現在、序を書いている自分は川柳の時空に在るとする実感に乗って、対川柳についての意識を書いており、富二を知る読者（川柳人）には馴染の文体であった。

有名になった?文言は③である。富二の思考の未整理にセンテンスの乱れが重なって、結果的に「川柳に残されたものは技術だけ」と、富二が書いたとか言ったとかの流言飛語となってしまったのである。初心のころの筆者など困惑ともいえない、取りつく島のない感覚を抱くことになった。しかし川柳界（革新派を含む）では「ボク」「モノ」のカナ書きにも「残された」「技術だけ」「技術の貧困」などにも立ち停まる動きが無かった。むろん③の部分についても序の全文についても検討されることが無く、富二の独り相撲の晦渋さに距離をとって触れない、いわば大人の処し方が感じられたのであった。川柳特有の《軽さ》で受け流しておけばよいとする空気が強かったのであり、拘って立ち止まる川柳人は居なかったのである。

むろん①の「尻尾の様なモノ」の集積が句集であると読めた。そのような作者の「ボク」が、「川柳という名に残されたモノは、技術だけである」と書いたのである。

そして其処から見れば川柳界の多くの「伝統作品が」の現在が、「流れ作業」と見えているとの富二の感触が読者（川柳人）に感受されたはずであった。川柳の現状に対して、句集の川柳が対置されているとの構図あるいは感触が残されたままで時が過ぎることになったのである。

時間を置いて読み直して見れば、「流れ作業」云々は序で触れなくてもよかったはずだが、冨二にすれば、川柳全般に感じられる川柳性の希薄化現象への苦笑を軽く現すことで、自分の川柳の伝統性を云っておきたかったと思われる。冨二は伝統性墨守の川柳人であった。

初心者の眼にも川柳界の多くの川柳、とりわけ「流れ作業」の川柳と冨二の川柳との差異は明らかであったが、初心者に句集の川柳の総てが読解できたわけではない。晦渋な句が在ったのだが、たしかに、川柳界の数限りない日常詠の退屈さに比べて冨二の川柳は面白かったのであり、川柳らしい川柳が此処に在ると感じられていたのである。


後に思えば「技術」の語は抽象性に過ぎる感が在って、まったく違う意図からの発語であったかとも思わるが、半世紀後では推察へのヒントが無い。結果、筆者は、最初に句集に接して以来の理解、「技術」の語は冨二の川柳観が煮詰まった語であると規定したのである。そしてそれを知りたいと思い続けていた。

果たして「技術だけ」の意が冨二に分析されて長文が書かれれば説得力が伴ったか――冨二に内在する川柳観が引き出されただろうか――は不明ながら、いまもなお「技術」が冨二の体感的な語であると感じられて、その内実を知りたいと思うのである。

しかし、さすがに、冨二自身にも、流言飛語になったことが気になっていた。話題になり、あるいは問いの言葉を聞くこともあったか、句集以来、宿題のように、意識に残ったらしい。

〈発想の中での技術〉

句集から四年後、「鷹」19号（一九六五年）の『発想と完結』私感」で「川柳という名に残されたモノは、技術だけである。という考え方は、当分変わりそうもない」を少し、解説気味に書いている。左に抄出する。

実は『川柳に残されたものは、川柳的技術だけだ』が実話であった。

それが恰も技術を駆使する事によって実在に迫り得るが如き印象を与えたらしい。ボク自身は発想の中での技術を「技術」と言う意味で表情（表現、の誤りか、筆者）しただけにすぎないので、思想を無視した事ではないと、今でも頑固に呟いている。そもそも発想とは楽曲の持つ気分を楽器の緩急強弱をもつて表わす事ならば「思想」におけるボクの技術という事も解ってもらえる様な気がする。ボクの考え違いでなければ作品が時に作家を超えるマジックは、言葉の持つ実在への鍵だと思っている。実体への感情移入、即物、対物の態度も、ただそれだけでは時間と共に無へ流れ去るだけである。言葉による生命への停止命令と切り口的表現への先兵が言葉であり技術である。

前述の「川柳的技術」の川柳的とはボクの場合形式を意味すると同時に明らかに参加を意味する。形式、参加、にまで及ぶところに冨二の真剣さと誠実があるのだが、この文章も、僅かでもいいから川柳性についての認識を腑分けしておいてくれれば、後世の者は、句集の冨二の位置と、一九六五年の冨二の川柳性についての認識に一先ず立って、それ以前と以後を観ることが出来たのだが、と思ってしまう。

尤も右の引用の箇所は、冨二の数ある散文のなかで自己認識の剔抉の好さで際立っていた。そして、「作品が時に作家を超えるマジックは」の短いフレーズには、冨二が行こうと思えば行けたはずの、川柳における詩性に行かなかった内実、川柳性に在り続け、川柳性に留まろうとする自己認識と自己規制が顕われており、冨二の川柳観の凝縮が感じられるのである。

冨二は川柳における詩性については他者に任せて、自分は詩への飛躍を自己規制しており、この鬱勃が川柳性墨守に反射、「発想の中での技術」への執着になっていたとも思われる。

だが、「技術」の語については、冨二の場合あまりに体感的で、説明不足の感が強い。読みようによっては、冨二好みの芸談の趣きが感得されるのだ。

類推を交えて受けとれば、冨二は、自分の作句に伴う技術を、古川柳の書き方、付け句の発想法と書き方をいまに曳くことを自身に課していたのだと読める。

冨二の認識では、付け句は、興趣と発想が共時的に浮上する一セットの一句である。

この、興趣と発想の不可分性を、冨二は句集の序で「技術」の一語に収斂したと思われる。川柳一句の作句の際の、冨二自身の書き方を、「技術」の語に詰め込んだと本人が自覚したのは、句集が出てからのことであったらしい。

「鷹」19号の文章は宿題に忠実で、後始末に懸命になっている好人物ぶりを彷彿させて喜ばしいが、当時、一九六〇年代半ばの川柳界（革新派を含む）の一般的な作句傾向は、皮肉なことに、川柳が川柳であるところの川柳性、その興趣を棚上げして、近代的な個我の開陳を急ぐ書き方に向かっていたのである。川柳性の所在については庶民性の一語に負わせておけばよいとする荒っぽさが時勢に相応していたのであり、其処から見れば、川柳の興趣を勘案するなど旧態のダンナ芸に類することになるのであった。

しかし川柳には二つの興趣が在って、その一つは作句時に作者個人が体感する発想と興趣の一つのセットであり、いま一つは当然、読者が一句を読んで感じる川柳的な興趣である。

そして序に書かれている「技術」は、作句の際の発想と興趣の不可分性の感得を指しており、極論すれば、作句の際の作者個人の興趣の愉しみを含んでいる。

「流れ作業」の語で指す川柳群は、右の、興趣の希薄を気にせずに書かれていたのである。

当時は、個々の川柳人が民主主義社会に在る自己の存在感を一句に表現する方向に在って、つま

り実社会では個人の存在感の欠落や、〈疎外感〉などの言葉も広がり始めており、冨二の句集にも

パチンコ屋オヤ貴方にも影が無い

の一句が在る。一般の作者にとっては、これを巧く五七五に書く表現技術が、「技術」であり、これに類似する意識が広がっている最中であった。平たく言えば「一般的な私の思い」の五七五化の技術であったのだ。

結果、冨二と一般的な川柳人の大方とは、作句の折の「技術」の実感ですれ違っていたのであり、悲劇的とも喜劇的ともいえる擦れ違いの一方が『中村冨二句集』の序に現われたのである。

擦れ違いであっても冨二の書いた「鷹」19号での説明は、序の悪文からのいわば一歩進んだ説明であり、冨二が自らの体感的な興趣の感得を書いて居り、当然それは、冨二の川柳観の幾分かの開示であった。

だが「川柳に残されたものは技術だけ」と冨二が書いたとか言ったとかが曖昧なままで川柳界にも革新派にも広まった。センテンスの乱れた悪文であったからだが、句集の発行部数が二百部で、手にした川柳人が少なかったことに比して、冨二の名が広く知られていたからである。

「鷹」19号での後始末も、読み辛いもので、気の短い読者（川柳人）は、句集の序の晦渋に輪をかけたような続きを読む感が在って、結果、冨二の「技術」「技術の貧困」を置き去りにすることになっただろう。筆者など、晦渋さにあっけにとられて、言い訳が、さらに難しくした感を抱えつつ、しかし、冨二の真剣さへの信頼をそのまま自分に残しておくべきだと思ったのであった。冨二は、川柳の面白さに立って書いているに違いないと感じていたのである。

なぜなら、とにかく冨二の川柳が面白かったのである。

面白さはきっと、「技術」云々の言葉の中にあるだろう、しかし、もっと易しく書けないのかと思いながらであった。冨二の川柳はもっと読者（川柳人）に向かって親しい顔をしているのだ。つまり、初心者であれ、ベテランであれ、庶民層のなかで冨二は横一列一緒に肩を並べて川柳を書いて居り、日常的な情意に立って書いて居るのだ。肩を並べている信頼感が、横浜の川柳人、冨二というおっさんに在った。

実際冨二の名は、川柳界でも革新派でも伝統的な川柳の巧者であり、冨二の川柳を何句も諳んじる川柳人が其処此処に在って、冨二についての話題は諳んじた句と共に始まるのであった。革新派の川柳のように真正面から社会を難じることもなく、肩を尖らさずに、戦後期の社会の現実と庶民層の意識を捉えた川柳であったのだ。

冨二の佳作には同時代的共感性が圧倒的に濃く、庶民的な情意があって、そこに、押しつけの感が全く無い気安さがある。これが序の「技術」の語と何が無しに繋がるところに、読者（川柳人）側の安直さが在ったのだが、「残されたモノは技術だけ」についての流言飛語を嚙み砕き難いままにでも受け入れさせる下地にも成っていたのである。

この見方は、「モノ」「ボク」「流れ作業」「技術の貧困」などの文言が、冨二らしい《軽さ》から出ており、拘るようなことではないとする意識を読者（川柳人）に抱かせることになっていた。

其処には冨二の川柳が感じさせる川柳的な《軽さ》、何ごとかに拘ることへの忌避の感情の顕われがあったのかもしれない。ものごとに拘らずに興趣を愉しみ合う〈川柳の世界〉、という概念が在ったのである。

噂であったこと、本意が知れなかったことが序の問題を時の流れに任せる程度にさせたのだが、読者（川柳人）は、冨二が「技術」の語に位置して「貧困」と云い、この「考え方は、当分変わりそうもない」と、概嘆して、突き放している、あるいは苦笑しながら技術不足の今後を予測しているとも思ったのであった。

結果、ごく自然に、読者（川柳人）であり作者である自分の「技術」と、川柳界の「流れ作業」の退屈な句の氾濫と、冨二の流言飛語の「技術」との三角形が意識されたのである。

個々の読者には、「流れ作業」に自分の川柳が属しているか？についての胸中の問答があっただろうが、実際に「流れ作業」の川柳の退屈、薄味の興趣に在る作者達は、冨二の句集や序を読んでいなかっただろう。読んでいても反応が緩かった。

この状況は初心者の筆者の周辺で顕著であった。日常の表層を五七五に書く営みが川柳らしい行為であり、川柳という消費行為に参加していると自覚されている位置からは、自分らには自分らの川柳が此のように在るとする意識が在ったのだ。中には個我の開陳に努めているのだとの意識や自負の自認も在り、つまりそれらの大方は川柳性についての認識の薄さを当為とする川柳が書かれる状況をつくっていたのである。

しかし序を読んだ。その噂を聞いた。などの川柳人には「技術」の語が胸中で妙にわだかまりとなっていた。わだかまりにさせたものが「貧困」という言い方であり、「残された」の、現在進行中と近未来についての、いわば冨二の余計な推測であった。暫くは胸中に巣食わせておいてやがて忘れるに如かず、現在的には、何も言わずに読み流すに如かずということに落ち着かせてしまう感が在ったのである。

実際、技術の貧困であれ、それが将来的に広まるとしても川柳界の大多数にとっては消費行為としての一蓮托生の感が在ったのだ。こけるなら一緒に、いまの時代に合わない時代遅れの消費行為として、である。

消費行動は時代が変える。駒を捨てて縁台から立つように、パチンコ玉をはじき終わる様に、草野球の人数が足りなくなるように、古いレコードが割れる様に、数が増えて、質が落ちる。一蓮托生の意識が広く句会の空気に漂っていたかも知れない。人数が増えていた。しかし川柳が川柳人の参加の実際で成っているという冨二の認識からすれば、参加者の減少が川柳の存在を危うくする。逆に川柳人が川柳の興趣を無視する流れが起きると、数は増しても川柳の実は無視される。冨二の懸念は参加と質との関係性に在っただろう。其処へ「私の思い」の開陳を川柳とする新進が増える現実があった。

川柳などこの世に無くなっても一向に困らない社会状況があって、実際、例えば日常生活から家父長制度の意識が旧態として無くなってゆくように、川柳がダンナ芸に属する旧態の言語遊戯であると指弾される可能性が、一九六〇年代の社会の急進性に在ったのである。

是から見れば、俳句は強かった。一九五四年に虚子が文化勲章を受けている。大きな協会が二つに割れても、世間やマスコミから見れば双方は見事に並立、大物俳人が次々と亡くなっても、現代俳句は「活況を呈しているといわれる」（一九六六年『戦後の俳句』楠本憲吉編 社会思想社刊）のであり、これに比べて一般社会での川柳観は、川柳の実際を見ることなく低劣と決めつけられることが多く、前世期の遺物のような位置に擬されることが在ったのである。

ちなみに右の『戦後の俳句』では現代川柳として冨二ら六人計十句が紹介されていた。まったく果報と言ってよい紹介を得ていたのであった。

〈形式への参加〉

冨二の川柳観はまず「形式」への「参加」、物理的であったのだ。

「川柳的技術」とは「明らかに参加を意味する」と、自分の川柳活動の中央に興趣への「参加」についての認識を位置させ続けていた。

「ボクはいま色々な意味で、一時作句を休んで居る」と、非参加の位置から句集を出し、序を書いていることを明らかにすると共に、再び川柳に参加する位置に在って句集を出し、序を書いているのだとの、再参加の弁にもなっていた。実際には「鴉」以後の短い中断であったらしいが、参加、についての冨二の意識は物理的であった。参加とは当然、興趣、消費行為への参加であった。

そして冨二の言う「技術」「形式」「参加」は、川柳的な興趣についての不可欠の条件であった。冨二は、川柳の興趣が緩み、後退しているところへの再参加を意識していたのである。

マンボ五番「ヤア」とこどもら私を越える

むろん社会の現実の変貌が意識に在った。「「ヤア」とこどもら私を越える」時勢に適う川柳で在り得るかが、「流れ作業」を見る視線に在ったはずである。

いわば川柳の興趣は、現実の急進的な変貌に馴染むだろうか、耐えるだろうか、その目途は参加者の数の維持と、「技術」の有無に在る。とにもかくにも、出版文化の好調期であり、新聞の川柳欄に、同人誌に、句会報に、我が川柳と我が名が活字になることの歓びが在る時代であった。川柳の「技術」の危うい時代がすでに始まっているのであった。

冨二は「技術」に触れるに先立って②で、自分の参加については「人間を廃業する気は毛頭ない。

何よりも愚かでありたいと考えているし、墓石が欠けるように、前歯が欠けて来ても、永遠に青年でありたいと、慾だけは誠に罪深いモノがある」と、川柳への自分の表出レベルについて開示しているのである。一般的な意識や認識と「青年でありたい」「慾」、その「罪深いモノ」を川柳に書こうとしているのであった。そして②をつぶさに読めば、冨二は、大衆性から離れる、突出する、などの何ごとかを書こうとして居ないのである。詩性へも、文学性へも、社会性へも行くことなく、日常的な共感性の川柳が自分の本領と意識しており、身近な位相で川柳の興趣を得ようとしているのである。この自覚が「技術」の語に及んでいただろう。

序の、全体的な筆の運び、その順序はかなり周到であったと感じられるが周到必ずしも計算ではなかった。情動の濃い筆致で、「技術の貧困」に及んだとき、冨二個人の「技術」についての感慨が膨れて他者の存在を文面に引き入れてしまったのである。

「残されたモノは、技術だけである」と書いたところにはまだ、少々ではあるが再参加した冨二個人の呟きの感が在り墨守すべき「技術」への心得と自覚が在るが、「流れ作業」その「技術の貧困」は、文面にはっきりと他者とその川柳の存在を抱え込んでいる。

個人の感慨と川柳観を書けばそれなりの序であったのだが、冨二の認識する「技術」の語は、複数者の参加を必須のこととして包含していたのである。これがボクシングのジャブのように序の筆の運びに利いていたと思われる。

だが川柳界（革新派を含む）も川柳の興趣も在り続けるだろうとする良き仲間達の楽観は、冨二の離脱を惜しみ、川柳に繋ごうとする意味からも句集刊行の運びにまで冨二を引き込んだのである。

もとより冨二は川柳の興趣の人であった。再度の参加に際して、冨二に、これまでを一括りにする意識が在っただろう。そして目前の「流れ作業」の氾濫を見るにつけても、いままでの興趣とは違う、時勢の中での興趣を自分が得ようとする意識が昂じはじめていただろう。その基盤に「技術」が在ることを、まず自分に向かって言い放っておきたかったとも思われる。妙な樽神輿の戯画が冨二の頭に巡ったかもしれない。冨二には通信物に自分の戯画を描く洒落っ気が在った。

〈冨二と詩〉

『中村冨二句集』までの冨二の自己規定には、大衆性の文芸という認識と共に、興趣に拠り合っている多数の参加という概念が在った。川柳界（革新派を含む）が在ってこそ、作句の振舞いの自由が在り、これが冨二の川柳の幅の物差しにもなっていただろう。

句集刊行以前の中村冨二は、何時でも、伝わる筈の共感性を書いて、その先へ、つまり詩性へ行くことがなかった。詩は何時でも冨二の川柳の外に在るべきであったのだ。他者のそれが詩へ伸長あるいは逸脱を見せて、其処に優れた感興が在っても、冨二は川柳を書いた。

決闘をする——小便をしている

人殺しして来て細い糞をする
冬の画の一滴の灯は今日も遠し
他人と書いて　お前にやる
犬は冷えきって、日暮れののぞみを齧り

河野春三が、川柳を現代詩のなかの最も短い詩に擬そうとしていたことから見れば、冨二の川柳はまったく反対の位置に在り続けようとしていた。自作が川柳で在り続けることで冨二に安心があっただろう。句集以前の時期にも以後にも、詩性をどの程度まで受け入れるか、受け入れられるかの問題は、他者の問題であった。

詩へ及ぶ寸前で、冨二の川柳が書かれた。したがって句集の序は、川柳を川柳とする読者（川柳人）を対象にしていたのであり、無意識的であれ、序は、冨二の川柳の埒内に沿った発語になっていたのである。他者の眼に、冨二が川柳に居続けることが窮屈に見えても、時勢から見て窮屈と感じられても、冨二は自分の「技術」で、愉しむべき句作として、凌いでみせると思っていただろう。作者冨二の存在の総てを表現に委ねるなどを思う必要など無い川柳が冨二の川柳であった。冨二の川柳の方法は何時でも、型式の中に、小説の、映画の、芝居の、絵の、写真の、音楽の、ようなシーンなり思念なり感情なりを、仮構することであり、同時代的な共感性のなかで必ず、川柳の興趣と共に書くことであり、その作句に一切の名利を求めたり付加したりしないことであった。いわば私川柳が一人称単数の位置からの発語であったことに対して、冨二の発語は、古川柳以来の、仮構の書き方であった。先蹤は無数に在り、川柳の興趣を得やすい書き方であった。そして私川柳の作者から見れば、旧態で在り続けた。私川柳が作者の個我の表出の自由を貴んだと同じように、冨二は川柳の興趣を得ることに我儘であった。

〈座談会〉

以前に冨二が居た鴉組（結社誌「鴉」一九五七年27号で休刊？あるいは最終刊）は、誌上座談会や時評風の文言で川柳界（革新派を含む）一般に向かってズケズケとものを云い、それが明朗快活で嫌みのない愉快さを伴っていて評判が高かった。序の「流れ作業と言う議論が」の「議論」も、「鴉」の仲間内でのことであっただろう。

筆者の手持ちの「鴉」（ガリ版）数冊にも快活で風通しのよい座談が載っており、その雰囲気から「技術の貧困」程度の云い方はグループにも「鴉」の読者にも通用していて、「流れ作業」などは、小規模集団の中で通じ合う批評用語としての隠語、仲間内でのジャーゴンであったと感じられる。

しかし川柳界（革新派を含む）での一般的な読者（川柳人）にすれば、「鴉」の連中の川柳的、つまり消費行為の中で発される川柳的な《軽さ》の地続きの安直さが、序の文言に出て居る感が在っただろう。

ガリ版刷りで紙質も悪いのだが、只の消費行為に銭を使っている「鴉」だから、言いたいことを言い合い笑い合っている。実際、川柳界（革新派を含む）の中で何の名利も求めない《軽さ》、ひと時の心的な驕奢が、戦後期以来の社会の特殊性に重なっていた。いわば「鴉」の、ものの言い方がそのまま序に顕われていたのだ。

だが「伝統作品が流れ作業だという議論が」と書き「そんな時間は論争の外に佇っている」とも書かれており、「流れ作業」と断じて「技術の貧困」と一纏めにしている文言を、高いところからの発語と感じる読者（川柳人）が在ったはずである。筆者の先輩の中には、句集以後に冨二が所属した「鷹」（一九六四年〜一九六六年、22冊）での冨二らの座談を高いところからのものとする声が実際に在ったのである。序は、一時的であれ感情的な受け取り方を招くことにもなっていたのである。

個人句集の序に書かれねばならない、句集の頭書に読まされねばならないことであるかとの怪訝さ、腑に落ちない気分にさせたと、半世紀後にも感得できる。不機嫌な気分を抱いた川柳人も居たのだ。しかし冨二には、自分の作句の際に働く川柳の伝統性についての所存を一言、書いておくのが自分の句集の序であるとする気分が在ったらしい。気分と言うべき筆致であった。

表立っての川柳界（革新派を含む）批判の気などなかったのだが、興趣への参加で成っているはずの、その興趣の後退が増える中で句集を出す、擦れ違いの感が冨二に「技術」の語を書かせたのであり、書いておけと、冨二の内側で急かすものが在ったのだ。

そして、急かせたものは冨二の、川柳についての明朗なスピリットであっただろう。

〈冨二のスピリット〉

川柳で在り続けようとする冨二のスピリットが露わに出た資料が、句集以前に在った。一九五五年。句集刊行の5年前に出された、川柳新書第3集『中村富山人集』(富山人は冨二の旧号。山村祐の篤志による小冊子、全42冊、後に合本、一冊のアンソロジーになっている)に、冨二が書いた略歴が在る。

一、　昭和二、三年頃より作句。
一、「み丶ずぐるうぷ」「鴉」同人
一、好きな物……絵、少年と女性
　嫌ひな物……暗い所、胡瓜と詩川柳

冨二は40歳台前半、句集に収まった佳作を書きついでいたころである。川柳の興趣と、作句の際に行きつくことのある詩的な興趣との違いを、冨二がはっきりと意識しており、詩性の寸前で川柳とする作句、その断言が「嫌ひな物……暗い所、胡瓜と詩川柳」であった。川柳の興趣と詩の興趣との懸隔、意味性と詩性の違いをはっきりと分けて、自分の川柳の位置取りを表明している。

川柳一句の作句過程で、意味性による川柳の興趣を越えて、詩的興趣に逢着する体験が何度も在ったのだろう。其処で冨二は、川柳の興趣と、詩的興趣を分けた。詩の興趣が、川柳の興趣より上位化を望む、あるいは川柳の読者を川柳の興趣より詩性へ引き込む、越境状態に及ぶ手前で、冨二は川柳の興趣に留まるのである。意味性から外へは行かないと決めた時が在ったのだ。其処から同じ趣向の群作への横流れに向かうのである。

キザな言い方になるが、冨二は詩より庶民的な世俗性が好きなのだ。詩より、少年と女性と、のように。

詩性に及べば自分の意識に在る川柳性からの逸脱になる。川柳の興趣から離れる、との判断は、詩性の追求が深まれば深まるほど、川柳の固有性と言ってもおかしくない意味性と大衆性が後退するという認識から出る。

詩性は必ず、作者の個を際立たせる方向へ作句を導く。この方向性は詩として実に魅力が在り、魅力が在ることで作者を川柳性から詩へ連れ去る。

作句の具体性に即して言えば、個と衆の裂け目で、川柳で在り続けようとするとき、個の存在、個性の追求にのみ向かえば、作句中の何処かで一句の意味性の下位化、あるいは放擲状態が現れる。冨二はこれをよく知っていたのだ。

冨二の川柳についてのスピリットは意味性に留まること、その共感性の埒内に留まることであった。冨二とその川柳に漂う含羞の幾分かは（あるいは大部分は）、此処に発生している。

冨二は近代的な個我から書かれる川柳をおおいに認めて歓迎したが、それらの個々の川柳には、その主意が衆の中で共感を得る意味性に在ることを求めていた。川柳であることの、埒の内側に、共に在ることの安心感を得ようとしていたのかもしれない。

つまり冨二の云う「参加」は、川柳における未知の領域、詩性への進捗を感得するが、川柳の興趣の位相で留まる「参加」であった。

したがって、川柳の発展要素を詩性の追求とする論議には加わらなかった。書かれる意味性と作者の個の存在との幸せな溶融が言葉を持って感得される位相が冨二の川柳の限界点であった。序に書かれた「技術」はここで止まる。

狭いといえば狭い、融通性のない自己規定があって、冨二は、その範疇で興趣を愉しみ、愉しみ合おうとした川柳人であった。

詩集〝蒼猫〟　父銀次郎は癌で死んだよ
夏ゆえに　少年宙に浮きて病む
詩なき雑草　わが子　高校生となる
これが秋の庭の白秋の鞦韆なのか　春三よ

が在り、若干の歳月を経て

下駄を穿いた白秋が来る三味線屋
ひとり見き　芭蕉崩るる　石の上を
毛絲着た三文詩集すぐころぶ

などが在る。何れも現実の重量を書いて詩性の追求に背を向けている。「嫌ひな物……暗い所、胡瓜と詩川柳」は、川柳における詩的達成を求める川柳人に、大いに、いまいましさを感じさせたことだろう。

後年、小池正博は「川柳形式がカバーできる領域はできるだけ広い方が居心地がよい」（『蕩尽の文芸』）と書いている。冨二に読ませたい一行である！

〈冨二と私川柳〉

私川柳の作者達は表現に個性を求めて詩性に及んだのだが、世俗的、大衆的な個我の開陳に留まるところでの詩性の感得は、何れも自己慰藉のレベルにとどまった。
私川柳は其処で意味性より詩性を求めて、私性なり川柳性を越える試みなどを一切見せなかった。私川柳の作者達は徹底的に意味と意味性の表出に努め、表出に急であったのだが、その意味は殆ど喜怒哀楽の感情の表現に留まったのであった。私性の開陳は情緒的な位相で横並び状態に繁盛したのであり、意識の開陳の意欲より、意匠の創出、あたかもその比べ合いの状況に達した位相で、流行、停滞、飽和した。

冨二にすれば、元々俳諧の平句、付けることにはじまった独立性の弱い言語遊戯の川柳である。それがたまたま、近代的な私川柳にまで至って感情の表出が大衆受けする意匠の追求、その比べ合いになったのであった。誇らしいものでは無く、むしろエゴイズムや情念の感情的、あるいは感傷的な意匠化である。身を縮めたくなるような含羞の伴う川柳であった。そして、川柳は

手と足をもいだ丸太にしてかへし　鶴彬

に比肩する庶民の本音の開示を私川柳に得たのであり、その意匠はあまりに意匠比べそのものの賑々しさを振り撒いて深化も上昇もしなかったのである。

冨二は、私川柳についての含羞を発語にすることが無かった。専ら、私川柳の意匠比べでの、暗喩、イメージ、フィクションの時流に相応した書き方、詩性に近い位相での川柳的な興趣の感得を見ていたのである。当然、私川柳の庶民的、川柳的な限界を見るにつけて、冨二は、川柳についての含羞を胸中に溜めただろう。

だが、私川柳の意匠の創出に問答体が活きていた。

川柳的な興趣が作者、個の、内在性からのものであるところに川柳性の発揚と発語の新しさが感じられた。川柳史上、作者の自己愛がこれほどあけすけに披露された例はなかっただろう。

後世の眼はむろん、序が書かれて、冨二の句集が出された以後を知っている。

私川柳の流行期に意匠比べが賑々しく行われたのだが、私川柳の萌芽期には意匠の創出は無かったのである。素朴であったのだ。

少し、私川柳の萌芽期に触れておく。

冨二の句集が編集され、序が書き進められた頃の、萌芽期の私川柳は、一般社会的な視線から見て、ともすれば川柳が遊興的に見える要因、川柳的な興趣を棚上げにして、綴り方的な五七五を提出していた。

萌芽期は僅かな期間（約3～5年）であったが、庶民の本音のリアリティーが胸を打つ状況が在って、川柳的な興趣は薄かったが綴り方的な本音の表現に清新の気が在った。

例えば「川柳平安」百号記念特集号、（一九六五年）の「昭和出生作家百撰」に

忍従の朝キリキリとスラックス　飯尾マサ子

指輪抜いて体重測ってごらんなさい　山田加勢夫

ビル群像戦艦大和空を征く　添田星人

静脈をうつ単音を否定せず　溝口晏子

土工らが夕焼けをかついでいったよ　服部たかほ

歩道わたる青年ビタミン飲み忘れ　　安西まさる
青春を象牙の塔に埋める気か　　千葉和男

などが在る。

作者が「昭和出生」であるところに、その後の私川柳の作者達の、広い意味での、本音、意識の同位性があった。意識の同位性は、やがて私川柳が個性の表出を求めて個々人が意匠の創出を比べ合うに至る前の、準備運動と成ったのである。

萌芽期の段階は、民主主義社会下での個々人が本音の開陳に庶民的な文芸である川柳に拠る、あるいは川柳という言語空間に頼る一時期をつくったが、秀でた佳作は少ない、そして実際には貴重な清新性の漂うサンプルを残すだけに終わったのである。表現に川柳を用いる、頼るなどの作者の意識には、川柳的な興趣への信頼と、面白味が在って川柳であることへの意欲が在った。したがって新進、あるいは清新の気が進んで行ったのは、既成の川柳の川柳的な興趣への融合であった。

新進の川柳人の清新の気が、川柳性の魅力に吸収されてゆく過程が在って、其処から一部は革新派の社会性川柳に向かい、一部は私川柳に妍を競う意匠比べに赴き、川柳界〈革新派を含む〉に馴染んでいったのである。つまり入門時に感得した川柳性の魅力の実現、それなりの興趣の実現に向かったのである。

句会であれ、川柳誌の選句欄であれ、清新の気をそのまま伸ばす方向性を川柳界（革新派を含む）

は持たなかったのであった。

冨二の思う壺であったかどうかは不明だが、明朗なヒューマニズムを好むところから清新の気を愛でたに違いない。そのような冨二の短い評文も在るが、小文では、萌芽期のそれが川柳の興趣へなだれ込む様相が在ったこと、川柳界（革新派を含む）に通用する川柳人が増えたことに、止める。

しかしこの、凡そ5年間の間に、私川柳を書く誰か一人でも、自分の書く個我の内実を、自分から離して対象化する方向に向かっておれば、そしてあるいは、私小説の過去とその達成を私川柳の現実に重ねる動きが在れば、と後年の眼は慨嘆することになる。

冨二は小林秀雄を読んでいたはずだが、小林の「私小説論」などを私川柳の流行期の中でどのように受け止めていたかは不明。私川柳の実作と私小説の実作があまりに違い過ぎて、何かを言う気にならなかったか、私川柳が庶民の文芸であればそれはそれで川柳らしい現実と見たか。

その頃に冨二ら数人の来京があって、末席から「何を読めば」と尋ねたチンピラ時代の筆者に、しばらく首をひねった後に「小林秀雄を」と答えられたことで、冨二に内在した小林秀雄は、ほぼ明らかであろう。小林秀雄の、世上の方向性に沿う身ごなしなどが冨二の川柳への出処進退に影響していたかもしれないが、筆者にはむしろなにやら、冨二の、他者の川柳の読み方や、川柳人冨二の在り方に小林秀雄が透かし見える様に感じられたのである。むろん冨二没後の、さらに後年であった。

当時、川柳界（革新派を含む）では、身に文学性を戴して一頭地を抜いた存在は、衆目、東の中村冨二、西の河野春三であった。その春三は自らの恋愛感情とその行動、過程を、私川柳の意匠と同様のレトリックで数十句の群作に書いて、社会性川柳に傾いていた革新派の川柳人を驚かせた。冨二は、私川柳の作者達の意匠比べを認めて応援することが在っても、これを文学界にあった私小説批判に結び付けて見ることが無かったのである。文言にすることが無かったというべきかもしれない。尤も、春三の私川柳についてはかなり分厚い私信を送って、春三に言わせれば「こてんぱんに」やっつけられたと洩らしているが、双方に社交辞令もあってのことで、もちろん内容はわからない。

二人は、近代川柳がようやく私川柳を書くにまで至った現実についての川柳史観を抱いていたはずで、其処に留まっていたのであった。

〔2〕「残された技術」と私川柳

冨二の「川柳という名に残されたモノは、技術だけ」の、その技術の時代が流行期の私川柳に現れた。

社会的な現実についての川柳人の受容性がほとんど手放し状態であったことを実証するように、私川柳は川柳界（革新派を含む）に受け入れられて流行期になった。

私川柳の問答体の書き方とその大衆性に満ちた意匠が川柳の可能性の拡張を感じさせて、これを冨二がおおいに認めて「川柳ジャーナル」誌上で応援、意匠の創出に伴う作者の心的リアリティーに触れる選評を愉しそうに書いたのである。それに先立つ一九六五年、先の「川柳平安」誌の特集と同年に、エッセー「地獄好き」（「鷹」23号）を書いて、表題が示すように私川柳を焦点に「作家の地獄」というレトリックを持って私川柳の時代の到来を認めている。

冨二の云う「発想の中での技術」が手探り状態ながら、私川柳での暗喩、イメージ、フィクションなどの創出に顕われていたのである。主意と川柳的な興趣の溶融が、流行期の私川柳の先端部で実現していたのである。

しかし川柳界（革新派を含む）の誰もが、私川柳は社会の変化の現れであるとする認識にあって、この認識に川柳性についての意識が薄かったのは当然であった。

私川柳の作句は、作者の個我の意識、欲求、さらに情念の表出を、川柳の問答体に拠って意匠化することであった。尤も、作者達は、ほとんど同質の意識や認識を書き合い、比べ合ったのであり、意匠の個性化にのみ急であった。書きあげられた意匠は同時代的庶民層の共感性の獲得を目指したのだから実に偏頗で求心的、かつ華やかであった。

冨二の云う「発想の中での技術」に相応する川柳的な興趣を問答体の作句によって私川柳の作者達は感得していたのである。言い換えれば措辞を獲得した手応えに慰藉が在って、意匠比べは慰藉の手応え比べの感を呈したのである。

川柳人の大方が、川柳を庶民性に立つ共感性の文芸であると意識していたこともあって、これが時勢に相応、川柳に庶民の個我の表出と授受の時代が来ていたのである。

尤も、川柳界の最大手の結社では、「流れ作業」が汜濫して私性の開陳に向かう川柳人が少なかった。

私川柳の意匠比べで書かれた意匠が「流れ作業」に安んじている作者達には晦渋で読めなかった、あるいは読まなかったのである。日々の実生活の安穏の上に川柳があるとする認識が在り、其処から見れば、私川柳はわざわざ晦渋な意匠を持って己が生き辛さを陳列、川柳の面白味を忘却している五七五であった。逆に、意匠比べの方にも実に俗物的な場面が突出、自分たちの意匠を読めないレベルの川柳人が大勢在ることをもって、その作者達は自己の存在確認にするなどが在ったのである。

しかし「流れ作業」状態を蔓延させる大手の結社が頼りにしたのは、結社人口の増加であった。当時、最大手の結社のベテランに、「数こそ川柳、本格川柳は世間で読まれてこその川柳、人数が寄ることを持って、川柳で在り続ける」との意向を頭ごなしに聞かされて筆者は呆然、返す言葉を持たなかった。

私川柳の流行期のステージであった「川柳ジャーナル」での冨二の選評を読むと、私川柳の共感性、かつ、その大衆性が、いわば一人称単数の位置での発語であり、この時代の私性の開陳こそ川柳の当為とする作者達の意気込みを愛でている。読者対象が川柳人であれ一般の社会人であれ大方がよく行き渡る表出レベルであることを冨二は肯定していた。

肯定しているフリを見せているとも感じられたところに、何処かで醒めている冨二が感じられていたが、私川柳の作者達にとって冨二とその川柳に内在する含羞は他人事であった。

冨二は、川柳の活力を感じるのが好きであったのだ。川柳性が動いている渦中に自分と川柳人が居る状態を好んだのである。

萌芽期に川柳性を棚上げして、流行期に問答体を棚から降ろして書き方の恃みにした私川柳は、世俗的かつ大衆的な共感性の意匠の授受に拠り合って飽和、やがて袋小路状態になって気球が萎むように少しずつ時間を掛けて後退していった。

私川柳の総活は当然のように無かったが、私川柳の質を最も的確にものがたる現象が在った。私川柳は萌芽から流行期を経て飽和、後退に至るまで、一切、川柳性についての発語を持たなかったのであった。冨二の云う「残された技術」は、私川柳の作者達には一切、意識されることがなかったのであり、しかし、問答体を体得することで、つまり書き方で川柳的であったのだ。

冨二は一九八〇年に亡くなったが、私川柳の次を思う川柳人は、超えるべき対象に私川柳を見ると共に、川柳性の所在についての思考がし易かった。

私川柳の川柳的な興趣が個我の内閉的な情動に偏して社会的エネルギーに欠けるとの見方が出来たのである。

いわば川柳でのポストモダンを求めた一人、渡辺隆夫は後に出した句集（『セレクション柳人　渡辺隆夫集』）の帯に、次のように記している。

川柳は、俳句より、さらに外向的でなければ生きてゆけないのである。

以下、句集刊行以後の冨二の苦闘に触れておく。

『中村冨二句集』もその序も、「鷹」に書いた冨二の「技術」についての説明も、いま少し、冨二に内在されていた川柳観についての分析が為されての運びであれば、やがて訪れる私川柳の次の思考に資しただろう。その後の川柳が変わっていたかも知れないがと、無いものねだりの思いは21世紀が10年以上過ぎてもまだ在る。

なぜなら句集の序の「技術」の語は「発想の中での技術」と冨二が明かしており、これが作句時の発想と興趣との共時性、あるいは同位性と捉えられるのであり、そこに冨二が身に戴して居た川柳性の所在が感じられるのだ。そして感じられるだけでは悔しいのだ。

結局、冨二の「技術」と言う認識は、作句の際におそらく反射的に働く、体感とか神経の動きそのものであったと、荒っぽいままに受け取ることで終わった。

「技術」の語は、冨二のスピリットとして句集以後の冨二の作句に在り続けたのである。

つまりスピリットと含羞を表裏とする混合体が、冨二とその川柳であったと思わざるを得ないのであり、冨二は其処から他者の川柳に川柳的な興趣を求めていたのであった。

冨二の感覚では、作句での興趣の授受、その愉しみは江戸の前句付に在った興趣に相応していたに違いない。冨二の川柳に内在する冨二のスピリット、それは川柳の産土、前句付に繋がっていた。

自作であれ他者の川柳であれ、冨二のスピリットが川柳性なりその興趣を感受する時、冨二は相好を崩して、余裕綽々のサービス精神を撒いて、時に其れは私川柳の作者達をも大いに喜ばせたのであり、「川柳ジャーナル」の読者を面白がらせたのであった。多くの読者（川柳人）が冨二のサービス精神を知っており、好んでいたのであり、そこに冨二の含羞の現われを見る川柳人は少なく、冨二の好人物ぶりを認める川柳人は大勢であった。

『中村冨二句集』に収まった数々の川柳は、冨二の人柄と川柳の興趣が誘い合うような作句を感じさせ、共感性と興趣の自然な融合を冨二のアンテナがキャッチしている作句を感じさせた。大急ぎで敷設される民主主義の質感を川柳へ反転させる冨二の認識と「技術」の働きが在り、流れ出るような作句、とりわけ群作の折の興趣が読者（川柳人）にも感得された。

戦後の社会の特殊性がいつでも冨二に作句の興趣への乗りを安定させていたのである。

　轢死者はゴロン、花束もゴロン
　私の影よ　そんなに夢中で鰯を喰うなよ

などの、冨二に堆積された情意からの作句は、そのまま戦後期の庶民性、共感性に重なっていた。この種の佳作が圧倒的に多い川柳人が冨二であり『中村冨二句集』であったが、轢死、浮浪児、原爆、三太の声、毒薬、造花、パチンコ、ギニョール、マンボ五番、コロッケ、債鬼、乞食、などの外界の物や事象に付与されていた同時代的な情実の象徴性は、次々と社会の変化が振り落していったのである。つまり情感の揮発する速度が肌で感じられるほどにすさまじかったのであり、社会の現実が、作句の折の興趣の顕ち上がり難さとなったのである。社会から急激に、情意と情実が減って行く。減らしたのは、戦後期が終わって経済成長へ遮二無二邁進してゆく、あるいはそれに巻き込まれていった庶民大衆であった。情実も情意も削ぎ落として、「ドライ」な性状をよしとしたのである。

「ドライ」の語が巷に行き交った時代を覚えている人は多いだろう。庶民自らがこれを招いたところに戦後の川柳の曲がり角があった。句集以後に積み重ねられる作句の中で冨二の神経を少しずつ変える社会状況があった。即一句の興趣となった作句の主意が干上がってゆく感が在っただろう。大衆的な共感要素であった象徴性への信頼と拠り掛りに在った含羞が、身の内から消えて行く感が在ったはずである。

〔3〕モノ、ボク　カナ書きの冨二

例えば関西でも関東でも戦前戦後の時期の句会で、上位の句に日常生活用品などの賞品が出されるところが在った。戦後期の日常生活での常態的な窮乏感覚の対象である賞品を毎度、掻っ攫って帰るなどの、句会名人富山人伝説が在って、関東に中村富山人（旧号）という句会名人が居ると、関西にまで聞こえていたのである（伊藤入仙、堀豊次、談）。流通経済社会になる以前で、東京大阪間がどれ程速くても、国鉄の夜行列車で一晩かかる時代に、冨二の名は関西にまで広まっていたのであった。

極論ではなく、句会名人の持って帰った賞品が家庭の物となる時に、冨二の意識する川柳人「ボク」の、カタカナの感が若干、緩和されたのだ。

川柳という消費行動に赴くに当たって、幾分かの含羞があってこその川柳であったのだ。家計を省みる必要のない豊かさに在った川柳人はほとんどなかっただろう。日常生活用品が賞品に成っていた由縁には、自分が僅かな時間を川柳で過ごす、一文にもならない趣を求め合うについての思いの反照が在ったに違いない。句会であれ、川柳誌作りであれ、其処は、家庭と家族についての意識だけではない、社会人であるところからも片足離れており、離れているという意識が在り続けたのである。川柳人は其処で自身の日常性を思い巡らして興趣を得るのが常であった。興趣と含羞が不可分であった時代の川柳らしさの曲がり角を私川柳がもたらせた。

実生活から、片足だけ離して川柳に居ることを客体化して見れば「川柳と言う名に残されたモノ」と意識されることが在ったのだ。冨二の川柳は、冨二には「モノ」であり、其処に在る自分は「ボク」であった。カナ書きに見合う川柳を書いているという認識を冨二は抱いていたのである。さらに古書店の主、冨二には、川柳という文芸が他の文芸とは徹底的に質を異にしている現実についての含羞が在っただろう。川柳という「モノ」に、いま、自分は居ると自覚することが多かったのだ。

冨二が自作の記録を残さなかった、書き捨てであったところには、「川柳というモノ」の認識が在ったのであり、其処では「ボク」であった。

実際、うちの亭主が、うちの父が、川柳といって家をあけることが度々あっても、それが如何なる川柳を書いているか等は家族の関心外であるのが普通であった。家族にも本人にも消費行為としての川柳が意識されていたのである。

川柳人冨二についての家族の意識は不明だが、冨二が川柳というサークルに片足掛けているときに、それが個人の嗜好に過ぎない消費行為であるとの自覚が冨二に在り続けて、怯懦と含羞が在ったのだ。

他文芸の質を知る冨二の視線は、川柳界（革新派を含む）に対して冷徹であったが、表情は柔らかなものであった。共に愉しみ合っているとの意識があったのだ。それなりに川柳らしさの授受が成っておればそれで充分であったのだ。

その冨二が句集を出す。其処に、川柳の現実の幾つかを怯懦と共に貼り付けるカッコの悪さの意識。句集は、いわば川柳に在ることの贖罪感の披瀝を感じさせたのではないか。

川柳そのモノが含羞の伴うモノであれば、そこで無神経に川柳性を気にせずに「流れ作業」のような退屈を披瀝するとは、あまりに低劣な消費行動である。目くそ鼻くそを嗤うにせよ、せめて、形式と技術を心得て居るべきなのだと、「残されたモノ」「技術の貧困」「自戒」の語が吹き出したのかも知れない。

冨二の遺句集『中村冨二・千句集』（一九八一年、ナカトミ書房刊）にはご子息中村攻二氏の序が在って、冨二が、川柳についての家族の理解を得ていたことが覗える。川柳界であれ革新派であれ、冨二の川柳が知られ、冨二という名に関心が持たれることが在っても、本人にとってはまず、家族の理解のもとに川柳人で在りつづけられたことが良かったに違いない。

日常生活の中でたまたま他人が川柳の話題を出す時、冨二が恥ずかしげに頭を掻きながら、「ボク」の「モノ」であることのハニカミを平身低頭で見せている——光景を想像すれば、冨二の含羞の実質に触れる感が湧く。冨二の散文の一人称の殆どが「ボク」であったことは広く知られていた。

〔4〕曲り角

近代川柳の腐心の歴史をやや大仰にいえば、明治の30年代の後半に大革新が在った。前句付から五七五だけを独立させたのが出発点であった。この、新しい川柳の特質は、近代的な「私の思い」と、前句付以来の川柳的な興趣の、一句の中での融合あるいは溶融についての腐心を、授受し合うことであった。

六大家は、これの優れた川柳を数多く書いたことで大方が認めた存在であった。さらにいえば、これ故に、六大家の作句の営みは、よくいえば社会の近代化指向からぶれない川柳として、生真面目な一貫性が在り、六人其々の句風は大勢の同好の川柳人を集わせる求心性を胚胎していた。六大家と並んで、共に倣って、川柳を書いた川柳人の数は圧倒的に多かった。

六大家の川柳は時代状況の受動性と世俗性を過分に負っていて、伝統的な川柳性についての革新や更新に緩かった。伝統というより伝習性とも見える句風の継続に傾注し過ぎる感が在ったのだが、これによって、川柳界の穏便、穏健、庶民的受動性が守られ、牽いては、前句付以来の川柳に通底する庶民的な消費行為であるところの《軽さ》の継続性が成っていたのである。

冨二が句集の序に書いた「技術」は、冨二の川柳の《軽さ》を包含していた。《軽さ》を自分に課していたのか、人柄からかは不明だが、人間の、社会の、世界の、暗部を軽く川柳に引き寄せるに冨二は巧みであった。冨二にいわせれば「技術」である。他分野の文学性から見れば実に軽い、一般的な、人間と世界との表層部の、川柳という形式に拠る剔抉であったが、近代川柳の中で冨二の川柳は秀でた文学性を有していたのであった。例えば、句集が準備されていた一九六〇年当時の庶民層に在った愛書家や読書人の眼には

蟷螂に喰べられてゐる墓地の月
影が私をさがしている教会です
犬交り大野九郎兵衛昨日死せり

などが若干であれ、確かな文学意識を負う川柳と見えたはずであり、大衆文学の方から見れば「大野九郎兵衛」には『赤穂浪士』（大仏次郎）の読後感との近似値が在っただろう。

これを軽々と書けたところに、「私の思い」と川柳的な興趣との溶融を成す伝統的な仮構の書き方

が在った。そして富二は、川柳が文学だなんてとんでもないと、逃げ出す素振りを見せる含羞の川柳人であったのだ。消費行為であることが富二自身の身丈に合うことであり、川柳という行為に、常態的に在る含羞の意識は、川柳に在る自分自身への免罪符でもあっただろう。

ちなみに、富二は既発表の作を再び活字にする際に、句点や一字アケなどの異同を気にしていない川柳人であった。大意が変わらねば、拘らないのであり、おそらく初出の際の共感性と興趣がふたたび同じように立ちあがることなど無い、あっても、富二の川柳においては、初出の授受だけで充分であったのだ。川柳のライフサイクルの短さについての意識は、作者にとっての反復が在り得ない、初出の感興は一回きり、などの姿勢に強く現れるのである。

富二にすればどれもこれも主意と興趣の融合が毀れなければ川柳一句は成り、句箋へ、活字へ、手放すことで本人の消費行為は終わっているのである。

当時の川柳人の大勢が知っていた富二の佳作の様々には、岸本水府や川上三太郎などの川柳が知られている状態とは違って、富二の川柳ならではの川柳的な興趣が在った。

例えば其処に、戦後の民主主義の敷設が庶民層に感じさせた明朗なヒューマニズム指向が在り、富二が苦も無く民主主義を身に戴して、其処から書いている感が『中村富二句集』に在った。

頭抜けたスケールの大きさが在って、しかも日常性の展開に留まって、庶民的な情意が具わっていてまったく嫌みが無かったと、粗い見方で句集の作風を規定することが出来る。

「ボク」「モノ」の、いわば位置取りの語が、戦後社会の庶民層の毛羽立った神経と、その中で通用した情意や情実に相応していたのである。

庶民のなかの珠玉のようなヒューマニストが、時の流れと庶民感情の関わり合いを見つめる位置から書いた川柳――の感が横溢、其処に古川柳的な書き方を引く大衆的な親近感が在った。冨二の川柳は一般的に知られている古川柳の魅力と興趣を曳いていたのである。

尤も、本人には、古川柳の視線が戦後以来の人心を捉えて、つまり、現代の川柳として存在することについての含羞が、時勢の変化と共に強くなっているとの自覚が在っただろう。戦後の川柳として個々の句に存在感が在って、それが句集になって、その序を書いている自覚の強さが③のセンテンスに関わっていた。

句集の序の後半には

「『冨二はズルイ作家だ。本音を吐かない』と言う過去の評価を、ボク自身はピッタリだと考えている訳ではない。」

などと、書いており、「ボク」「ズルイ」「ピッタリ」など、自分が川柳界（革新派を含む）に在るところからの発語は徹底してカナである。もちろん冨二の川柳の書き方に相応しており、作句についての冨二の腐心に関わっている。

しかし、富二にとって句集の刊行は社会の変貌の急を肌身に感じることであったと思われる。句集の刊行は親しい仲間たちの肝いりでなされ、富二はおそらく、はからずも樽神輿になった思いを抱いていたことだろう。キザにいえば真ん中の、中心の孤独である。その孤独は、川柳が句会の時代から活字の時代に角を曲がるのを一人、肌身を持って感じる孤独であったのではないか。

句会と題詠が、川柳の創作、雑詠の下位になる時代が確定的に始まっていたのであり、これはストップも逆転もない世界の方向性であった。

「私の思い」と興趣の溶融に、揺らぎが始まっている。

大衆性に在る文芸や芸能の世界で「濡れた抒情」と「乾いた抒情」という熟語が飛び交い始めていた。世俗世界で庶民自らが人情を放擲していた。

富二は自作の川柳的な興趣の大方が情意と情実を有して成っていたことを自覚していたはずである。句集刊行の動きとは別に富二は、自己更新を考え始めていた。

今まで、無意識的に書いていても一句に具わっていた大衆性が通用しない現実に鼻付き合わせる感を抱いただろう。

一九六五年、「鷹」21号の巻頭に富二の自己更新の顕われた九句が載った。

〃何さ〃

あおい屋根でランプをつくる　あおいけもの
女から立ちあがる刻　変なランプだ
天にともるちさきランプも骨の唄
病院も終点もないランプが　何さ。
ランプ昇天、夜具は虚妄の首二つ
ベトナムのランプを見てる　ランプは善か
殺すとき　あなたは吊す個人のランプ
むなしさの――ランプは倒れないだろう

今日も屋根にランプがもえる　ドレミファソ

冨二が「川柳ジャーナル」誌の投句欄「果樹園」の選と選評に当たった当初（一九七二年）の言を少し引く

昨日出来上がってしまった川柳に今日の影を投げる事、通念の中で吹く平和な口笛に敢えて不条理のペンキを塗ることでボクもペンキだらけになるだろう。何時も恐ろしい敵を持っているケダモノの様に作品の中に天敵の棘をさがしているボクである。ボクは選評の徒ではなくて果樹園の中の熊ン蜂にすぎない。

ボクはウメエ事をヌカス作品はあまり好きではない。偉れたドラマの主人公は決してウマイ道を選びはしないし、ウメエ事など喋りはしない。「悪は何時も他人の顔をしている」そうだが、読者に都合の良い作品なぞロクな物は有りはしない。

作者にとって重要なのは衣装の下に何があるかと言う事で衣装は多様なエレメントにすぎない。

作品は衣装だけではどうにもならないもので衣装が歩いている様な女性を見ればすぐ解るだろう。衣装は作者の為にあるもので衣装の為に作者があるのではない。

冨二は、活字の時代の川柳を模索していたのであり、免罪符であった含羞がやや少なくなった感を、川柳にも散文にも見せていると感じられるが、川柳人の多くは、「技術」云々が序に書かれた句集の佳作を諳んじていた。

内から、個の声を書けよと急かす声が在ったかもしれない。詩への規制をどのように緩めるか。個性の無くなってゆく世上だからなあ、などと苦笑が在ったかも。そして冨二が、いままでの冨二に向かって、ザマア見ろ、もう、通用シネエゾと嗤ったかもしれない。

これが自己更新の萌芽であった。

（「川柳カード」8号、二〇一五年三月）

あとがき

小池正博

石田柊馬没後二年、ようやく作品集を世に送ることができる。

柊馬には『ポテトサラダ』『セレクション柳人・石田柊馬集』があるが、本書の第一部にはこの二句集以後の作品を収めた。「Ⅰナスカの地上絵」は「つづきの会」での作品。同会は彼を囲む少人数の勉強会として発足し、宿題の互選・合評と川柳に関する柊馬のお話の二本立てだった。「ⅡＬＰの森」は「バックストローク」「川柳カード」「川柳スパイラル」の同人作品から選句したもの。「Ⅲ井上上等兵の１５０年」には「川柳スパイラル」に発表の連作と晩年の句を集めた。「井上上等兵」とは何者か、興味がそそられる。

第二部では「道化師からの伝言」「冨二考」の長編評論を中心に、彼の評論の代表的なものを収録した。柊馬の残した膨大な文章のほんの一部だが、彼の川柳論を展望することができると思う。

私は墨作二郎の「点鐘の会」に参加していたので、柊馬と出会ったのも「点鐘の会」の勉強会や散歩会でだった。現代川柳を志す者にとって「川柳ジャーナル」は伝説的な川柳誌だが、彼は「川柳ジャーナル」の最後の編集者だった。簡単には近づけない存在であり、彼が話している傍らで会話に参加できすに黙って耳を傾けていることが多かった。親しく話せるようになったのは「バックストローク」が発行されてからである。戦後の「現代川柳」を牽引したのは河野春三だが、春三以後では石田柊馬と石部明の存在が大きい。『現代川柳の精鋭たち』ではこの二人の作品が最初に掲載されていて、強烈なインパクトを与えた。「バックストローク」以後も柊馬とは「川柳カード」「川柳スパイラル」の同人として交流が続いた。最後に会ったのは「第二回らくだ忌」（二〇二三年三月）のときで、声をかけてもらった。最後の挨拶だった。

「川柳スパイラル」十九号では石田柊馬を特集したが、私は同号に「石田柊馬の軌跡」を書いている。それと重複する部分もあるが、以下に石田柊馬の軌跡をたどってみたい。


石田柊馬は本名・石田宏。京都市生まれ。十代の後半に川柳と遭遇した。

若き日の石田柊馬が菓子職人としてスタートしたとき労働の現場と人間性とのギャップは大きなものであったと思われる。『セレクション柳人・石田柊馬集』の「年譜」には「一九五七年　中学を出て洋菓子製造販売の会社に就職。製造現場で、愚鈍で機転の利かぬ者にとっての四十年間」とある。もともと彼は文芸が好きだったが、この現実と内面との落差は表現へのエネルギーとなっただろう。社会性川柳に向かう萌芽が彼の中に必然的にあったのだ。ちょうど時代は大衆文化の盛んだったときである。映画の全盛期でもあった。文芸に関しては、彼の眼の届くところに三種の短詩型文芸があった。「川柳」と「冠句」と「俳句」の三種のうち、彼が選んだのが川柳である。平安川柳社に手紙を出すと、句会に来たまえということになって、柊馬の川柳人生がはじまる。「柊馬」の由来であるが、「平安」に同じ名前の者が多かったので号を付けることになり、「あんたの家紋は」ときかれて「柊」紋と答えたのが柳号になったということだ。

「平安川柳社」は一九五七年の創立から一九七七年に解散するまで、京都の川柳界を統合する柳社であった。一九六七年に柊馬は岩村憲治・田中博造などの若手川柳人と「川柳ノート」を創刊する。柊馬は「いったい、川柳が川柳として経ち得る位置をわれわれはどのようにして獲得すればよいのだろう。それにはまず、現川柳界の批判からはじめなければならない」(「ゲリラの精神」)と書いている。創刊号の作品から柊馬の句を引用しておこう。青春の鬱屈したエネルギーを感じさせる作品群である。

月楕円団地の夫婦卑怯だぞ　　石田柊馬
団地に降る健忘症の青空め
豆腐切る団地に復讐される
団地昏れておもちゃの汽車の巨大音

「平安」の誌面は同人創作欄「平安抄」のほかに選句欄「蒼龍閣」があったが、創立三年後に革新派の選句欄「新撰苑」ができた。「新撰苑」の選者・堀豊次は「平安」の中で「本格」と「革新」をつなぐパイプ役的存在で、ヒューマンな庶民性に立脚していた川柳人であった。後に柊馬は「平安」

について次のように書いている。「平安に拠る川柳人と作品の多彩さは、平安の雰囲気、姿勢、資質に重なっている。この意味で〝平安調〟と言う言葉は句風を指す言葉であると共に、左右の幅を見渡せる平安という感を含んで個性的な句を抱合していた」（「〝平安調〟について」、「川柳黎明」四七号、二〇〇八年一月）

「左右の幅を見渡せる平安」――即ち伝統系の作品だけでなく革新系の作品も掲載されている川柳誌ということだろう。「川柳の幅」という言葉はそのような川柳の現状を反映している。だがそれは同時に相反する川柳観が一誌のなかに混在していたということで、二十周年大会のあと突然「平安」が解散する原因ともなった。かつて「伝統（本格）」と「革新」という対立軸があって、両者を見渡すという問題意識があったことは、柊馬の評論を読む前提となるだろう。

「平安」の句会には楽しさもあった。「夏を楽しむ会」という徹夜句会があって、後年「バックストローク」の時代に「ねむらん会」として復活する。私が参加した「ねむらん会」では石田柊馬と田中博造がキャプテンになり、紅白の二チームに分かれて句会とゲームをとりまぜて得点を競いあうのであった。

さて、「川柳ジャーナル」は一九六六年八月から一九七五年二月まで、全一三四号が発行されている。石田柊馬はその最後の編集人で、一一八号（一九七三年十月）から終刊号まで担当した。柊馬は「平安十五周年大会」のあと「平安」の同人を辞退しているから、「ジャーナル」の編集の方に力点を移したのだろう。一一七号までは編集人・松本芳味、発行人・河野春三で、一二一号からは発行人が宮田あきらに変っている。

終刊をひかえた一三三号には中村冨二と石田柊馬による「かるーい対話」が掲載されている。柊馬の問に冨二がまとめて答えるかたちで、二人のやり取りとして興味深い。冨二については本書の「冨二考」で詳しく論じられている。

「平安」「川柳ノート」「川柳ジャーナル」と疾走してきた柊馬は、「ジャーナル」の終刊によって、一種の休息期を迎えることになる。彼は「社会性川柳」から出発したが、社会性が個の内面に向かい、さらに女性の情念に特化されていったときに、違和感をもっただろう。「社会性」ではもうやってゆけない、ここに柊馬の一種の方向転換があり、彼の先駆的なところである。時代に根ざし時代の主流にいる人間は、その時代とともに古びてしまうことがある。柊馬は常に時代の先を読んでいた。「ジャーナル」以後の柊馬作品の発表の場となったのが「縄」である。「縄」は宮田あきらの編集で一九七五年九月に創刊された。本書に収録したのは「縄」六号に掲載された「松本芳味ノート」である。芳味は多行川柳の作者として知られているが、彼はなぜ多行を選んだのか。柊馬は「どっちみち、窒息して終うのだから、何としても、打開の方法を講ぜねばならない」という芳味の言葉を紹介している
八十年代の終わりにあたって柊馬がコンビを組んだのが松本仁だった。「川柳サーカス」（一九八八年十一月創刊）。創刊号に柊馬は「現代川柳考（コピー化について）」を書いている。

「さて、社会性、の話が急激に衰退して、現代の川柳はどこへ向ったか。おそらくぼくたちは川柳

の変化を、その頃、多様性の語をもって理解もしくは処理していた。いま、ふりかえれば、それは、たいして多くの方向を示したわけでもなく、もちろん流派を名乗ったり名づけられたりの方向性や運動体を出したわけでもない。方向性など出ないまま、おおむね、みんな技術的に、芸として上手になった、と見るのが単純で妥当な見方であろう。その中で、川柳が川柳であるところの川柳性だけが、急速に衰退していった」

川柳で社会性が言われたのは昭和三十年代。俳句で社会性が言われたのも同じころだから、その影響を受けているのだろう。では、川柳における社会性とはどのようなものだったのか。「サーカス」三号（一九八九年五月）に「オーイ社会性」という特集があって、六四句の作品が抽出、掲載されている。今から見ればこれが社会性なのかと思われるような句も混じっている。当時は社会性と詩性・私性が混在していたのだろう。

「サーカス」に続くのが「コン・ティキ」である。「コン・ティキ」は一九九八年九月創刊（編集人・石田柊馬、発行人・松本仁）。二〇〇一年六月、第五号で終刊。

二〇〇〇年『現代川柳の精鋭たち』（北宋社）が刊行された。川柳のゼロ年代のはじまりである。発刊記念イベント「川柳ジャンクション」が開催。第一部の鼎談「川柳の立っている場所」は荻原裕幸、藤原龍一郎、堀本吟の三者による。このような川柳をめぐるシンポジウムそのものが当時は珍しく、他ジャンルの表現者が川柳をどうとらえているかを含めて川柳人に刺激を与えた。

柊馬の句集『ポテトサラダ』（コン・ティキ叢書、二〇〇二年八月）は突然発行された。「いくつかの書き方の中のひとつを集めたので、第一句集という気がない」（あとがき）というが、実質的に彼の第一句集となった。次のような句が収録されている。家族の句が多く、「虚構の家族」として川柳人の間で話題になった。

病棟や父「撤収ッ」を連呼せり　石田柊馬
姉さんはいま蘭鋳を揚げてます
妹は廃業の力士虐めおり
三男はポテトサラダでできている

一九九八年六月、「オール川柳」で石田柊馬の川柳論の連載がはじまった。彼の川柳批評がとうとう一般の雑誌で読めるときがきたのかという感慨があった。タイトルは「道化師からの伝言」。本書では評論編の最初に収録した。前句付から川柳へのプロセス、日常性と詩など、石田柊馬の川柳に対する思いが濃厚に表現されている。長編評論なので一部割愛した部分がある。

柊馬には「最後の川柳ランナー」の自覚があった。ジャズがフュージョンに変質していったように、「川柳が川柳であるところの川柳性」は見えにくくなっている。川柳を長く続けている者がしばしば襲われる孤独感を彼も感じたことだろう。だが、時代はなお柊馬を必要としていた。

「バックストローク」二〇〇三年一月創刊。二〇一一年十一月まで、全三十六号が発行された。

発行人・石部明、編集人・畑美樹。石部明と石田柊馬を結びつけたフィクサーは樋口由紀子である。柊馬は「詩性川柳の実質」を連載。この評論は膨大な量になるので、本書では連載第十二回の部分のみ収録。「川柳は言葉の時代に入った。『読み』の時代と言い替えてもいい。作者が言葉を持って意識や認識を明確にする動きがはじまっている」という冒頭の一節はよく知られている。

ほどなくセレクション柳人の刊行がはじまる。『石田柊馬集』(邑書林、二〇〇五年六月)から。

妖精は酢豚に似ている絶対似ている
西麻布の麻は元気にしてますか
杉並区の杉へ天使降りなさい
くちびるはむかし平安神宮でした
先頭になるのを恐れているもなか

二〇一一年四月九日、第四回BSおかやま川柳大会で石田柊馬に対するインタビューが行われた。聞き手は畑美樹と清水かおり。タイトルは「だし巻き柊馬」その記録は「バックストローク」三十五号に掲載されている。「読めておもしろくない川柳よりも、読めなくておもしろそうな川柳にあこがれた」「川柳に書いたってしょうがないんじゃないか、自分もその社会を作っているひとりじゃないか」「柳多留と同じことまだやってんのとちゃうか」などと彼は語っている。

「バックストローク」が終刊したあと、柊馬は「川柳カード」に参加する。「川柳カード」二〇一二年十一月創刊。二〇一七年三月終刊。

この時期の評論として、本書では「川柳カード」八号に掲載された「冨二考」を収録した。『中村冨二句集』(森林書房)の序で冨二は「川柳という名に残されたモノは、技術だけである」と書いている。川柳界では有名な発言だが、柊馬はこの発言を導入として中村冨二の世界に切り込んでいて、出色の冨二論となっている。「現代川柳」は中村冨二と河野春三によって始まったというのが私の持論だが、冨二は伝統寄りの作者であり、春三は革新寄りの作者である。そしてどちらも「現代川柳」なのだ。

あと本書には「川柳スパイラル」に柊馬は同人参加のほか、六号から十二号まで「同人作品評」を執筆。「川柳味の変転」「世紀末の水餃子」の二編を収録した。柊馬は他ジャンルとの交流もあり、竹中宏の「翔臨」に「川柳味の変転」を寄稿している。彼の文章は難解という定評があるが、この文章は比較的読みやすいと思う。また彼の句評の例として、高知の「川柳木馬」に連載された「世紀末の水餃子」を収めた。「意味なんてあとからついてくるのよ」という本間美千子の言葉や「作品の未解決性」という切り口は示唆的である。

石田柊馬の存在は本書に収録された論作よりも、もっとスケールが大きい。樋口由紀子は『川柳総合大事典』第一巻・人物編(雄山閣)で「彼が居なければ川柳の革新は後退したであろう」と書いている。まことに石田柊馬がいなければ「現代川柳」はいまとは別のものになってしまったことだろう。本書に収録した柊馬の川柳論は、私が川柳を続けてきた支えになった文章ばかりである。誤解をおそれずに言えば、本書は「私の石田柊馬」なのであり、石田柊馬についてはそれぞれの視点で今後も語り継がれなければならない。

本書の出版につきましては山田ゆみ葉さんのご了承をいただきました。この場を借りまして御礼申し上げます。また八上桐子さんには選句と文字起こしのご協力をいただき、瀬戸夏子さんからは帯文を頂戴いたしました。ありがとうございました。

■著者略歴

石田柊馬（いしだ・とうま）

本名・石田宏。京都市生まれ。十代の後半で川柳と遭遇。「平安川柳社」入会。「川柳ジャーナル」終刊時の編集者。「川柳サーカス」「コン・ティキ」を経て「バックストローク」「川柳カード」「川柳スパイラル」の同人として現代川柳の第一線で活動をつづけた。

句集にセレクション柳人2『石田柊馬集』、『ポテトサラダ』。共著『現代川柳の精鋭たち』『セレクション柳論』『はじめまして現代川柳』。

■編者略歴

小池正博（こいけ・まさひろ）

1954年生まれ。

「川柳スパイラル」編集発行人。日本連句協会副会長。

句集『水牛の余波』（邑書林）『転校生は蟻まみれ』（編集工房ノア）『海亀のテント』（書肆侃侃房）。

評論集『蕩尽の文芸―川柳と連句―』（まろうど社）。

編著『はじめまして現代川柳』（書肆侃侃房）。


LPの森／道化師からの伝言　石田《いしだ》柊馬《とうま》作品集

二〇二五年四月十三日　第一刷発行

著者　石田柊馬
編者　小池正博
発行者　池田雪
発行所　株式会社 書肆侃侃房（しょしかんかんぼう）
〒八一〇-〇〇四一
福岡市中央区大名二-八-十八-五〇一
TEL：〇九二-七三五-二八〇二
FAX：〇九二-七三五-二七九二
http://www.kankanbou.com info@kankanbou.com

編集　藤枝大
装幀　山田和寛+竹尾天輝子（nipponia）
DTP　黒木留実
印刷・製本　モリモト印刷株式会社

ISBN978-4-86385-646-2　C0092